АННА БОРИСОВА

КРЕАТИВЩИК

BAbook

Любое использование материала данной книги,
полностью или частично,
без разрешения правообладателя запрещается.

Борисова, А.
  КРЕАТИВЩИК / Анна Борисова. – BAbook, 2025. – 163 с.

Повесть о странном существе, морочащем всем голову.

ISBN 978-1-965369-88-3

© Boris Akunin, 2025
© BAbook, 2025

7:49

Едва проснувшись, он начал ворчать. Молчать он не умел. Совсем.

Разбудил его сквозняк.

«Холодина какая. Нельзя, что ли, было закрыть?»

Дуло из настежь раскрытого окна. Там голубело и желтело утреннее небо, и больше ничего не было, потому что этаж высокий, а очень старый человек лежал в постели и смотрел в окно снизу вверх.

«Когда всё это кончится?» — неизвестно у кого спросил он, откашлявшись и достав из стакана зубы. Подвигал челюстями, чтобы протезы встали на место.

Настроение у него, как всегда по утрам, было отвратительное. Особенно, если весна, солнце, прозрачный свет. Но он знал, как и что делать. Выработал ритуал.

«Бюро ритуальных услуг, за работу! — приказал себе старик и начал отсчет перед стартом. — Шесть, пять, четыре, три, два, один».

Тяжело, как грузовой корабль «Союз», поднялся. Одеяло соскользнуло с него, будто опоры, отошедшие при старте. Еще больше сходства с натужным, небезопасным отрывом от земли возникло, когда человек покачнулся.

Но ничего, выправился. Нашарил ногами тапочки.

Анна Борисова

«Простужусь, помру, будете знать», — мстительно пообещал он кому-то и прошаркал через комнату, чтобы закрыть раму.

Секунду-другую озирал заоконный мир.

«Тьфу, бездарность какая».

И то сказать, любоваться было нечем. Ветхие панельные девятиэтажки, асфальтовый двор, кусты. Странно только, что в голосе старика прозвучало разочарование, будто он рассчитывал увидеть вместо чахлого купчинского микрорайона Неаполитанский залив или, на худой конец, Женевское озеро.

Ворчун задернул шторы и уставился на свое жилище, тоже будто впервые. Тут зрелище было опять-таки безрадостное. Голые стены, кровать с тумбочкой да платяной шкаф, более ничего.

«М-да...»

Мрачный взгляд опустился на метровый лист фанеры, зачем-то валявшийся у окна. Древнее лицо дернулось, словно от боли или мучительного воспоминания.

«Мыться-бриться, а то повешусь». С этими словами старик заковылял в ванную, еле переставляя дряблые ноги. Спал он в рубашке, но не ночной, а нательной. Когда-то в таких ходили все мужчины, но те люди поумирали, те фабрики позакрывались или перешли на другую продукцию. Рубашка, однако, была свежая, идеально белая. Пожалуй, излишне белая. На ее фоне морщинистая шея напоминала фактурой и цветом потрескавшуюся землю.

Бреясь, старик смотрел только на бритву и помазок. Если встречался с собой в зеркале глазами, тоскливо вздыхал и отводил взгляд. Он себе ужасно не нравился.

«Терпение, — приговаривал он, — терпение. Всему свое время». Расчесал густые, совсем седые волосы, надушился одеколоном из резиновой груши.

«Так-то лучше».

Креативщик

Одевание представляло собой важный и неторопливый церемониал. «Какой наряд выберешь, так и день сложится», любил повторять этот человек.

Долго стоял перед открытым шкафом, где теснились вешалки с одеждой. После колебаний взял светлый льняной костюм, мешковатый, но элегантный. Поверх своей белоснежной нательной рубашки надел свободную водолазку. Взял тупоносые туфли очень маленького размера. Он вообще был невысок, тщедушен. Наверное, в молодости отличался легкостью и пластичностью движений. Былое изящество проступило в жесте, которым щеголь поправил свои белые, чуть растрепавшиеся волосы.

Последним штрихом стала чудесная трость с серебряным набалдашником в виде раздвоенного копытца. Она окончательно превратила старую развалину в пожилого джентльмена, даже денди.

Вот теперь старичок позволил себе посмотреться в зеркало и, кажется, остался более или менее доволен.

Он медленно прошелся по комнате, по коридору, опираясь на палку. Непонятно, зачем ему понадобился этот обход. Глядеть в однокомнатной квартирке было не на что. Кухня, например, вообще пустовала. Помещеньице-то в семь квадратов — ни стола, ни плиты, ни холодильника. Словно здесь никогда не готовили, не ели, не пили чай.

«Приветствую тебя, пустынный уголок. И катись к черту. Больше не увидимся».

Попрощавшись с квартирой таким оригинальным образом, старик вышел на лестницу и вызвал лифт.

Бледно-розовый язык облизнул сухие губы. Костлявая кисть с коричневыми пигментационными пятнами нервно барабанила по набалдашнику. Старый франт явно волновался.

Зашипели двери, но он не вошел в кабину, замешкался. Поднял левую ногу, опустил. Поднял правую. Опять передумал. «Кто там шагает правой. Левой, левой!» Это опять был суеверный ритуал, как с одеждой.

Пока чудак колебался, с какой ноги войти, двери захлопнулись, лифт уехал.

«Плохая примета. — Старик ударил палкой об пол. — Или хорошая?»

Двери снова открылись минут через пять. Он быстро переступил порог, с левой ноги. Нажал кнопку с единичкой.

«Плохая или хорошая? Плохая или хорошая?» — всё повторял он и, наверное, твердил бы эту фразу до самого низа, но, спустившись всего на два этажа, кабина остановилась. Двери разъехались.

На площадке стояла девочка-подросток с портфелем.

«Хорошая», беззвучно прошептал старичок и причмокнул.

8:21

«Дедушка, вы до конца едете? Если до первого, я войду. Если нет, то езжайте себе».

Лицо у девочки было не то напряженное, не то испуганное.

«Какая разница, до первого — не до первого?»

Он впился в нее глазами, будто пытался угадать причину нервозности. Палец держал на кнопке, чтобы не сдвинулись двери.

Девочка была невоспитанная. Не знала, что старшему отвечать вопросом на вопрос невежливо.

«Трудно сказать, что ли?» — недовольно протянула она, не трогаясь с места.

Старик догадался сам.

«Ты боишься ездить в лифте одна. У тебя клаустрофобия».

«Чего у меня? — Она смутилась. — Я не ездить, я застрять боюсь. Если с кем-то, еще ничего. А одна в лифт ни за что не сяду. Наверх-то нормально. Если подождать, всегда кто-нибудь придет. Сажусь и еду. Если раньше выйдут, я то-

Креативщик

же выхожу, и дальше пешком. Вниз редко получается. Обычно по лестнице спускаюсь. Ладно, поехали. Если вы не до первого, я с вами выйду».

Она осторожно, словно ступая на лед, вошла в кабину и передернулась, когда пол качнулся под ногами.

«Я еду до самого низа. Так что бояться тебе нечего».

Старичок хихикнул.

Улыбнулась и девочка.

«Тогда поехали. А то я на урок опаздываю».

Он убрал с кнопки палец. Двери гулко захлопнулись. От этого звука девочка скорчила гримасу и побледнела.

«Ты уже когда-нибудь застревала?»

«Вы чего? Я бы с ума сошла! Мне иногда снится, что я в лифте зависла. Одна или, еще хуже, с каким-нибудь уродом — это вообще караул. И обязательно свет гаснет. Я ору во сне — тыща децибел. Мама прибегает, а я сижу вся такая, слюни текут, слезы капают. Очуметь!»

Девочка коротко рассмеялась, стряхнув со лба русую челку.

Старичок прищурился, замигал, блеклые глазки сверкнули. Он прислонился к стенке, и в тот же миг кабина вдруг остановилась.

Свет мигнул, погас.

Бедная девочка перепугалась так, что даже не закричала. Громко втянула воздух и, парализованная ужасом, не смогла выдохнуть.

«Надо же, сглазила, — раздался в темноте спокойный голос. — Видишь, ничего особенно страшного. Мы не падаем, мы просто застряли. Я с тобой. Бояться нечего. Сейчас снова поедем».

«Ха-а-а… Ха-а-а», — судорожно сипела девочка, не в силах произнести ни слова.

«Ну-ну, спокойней. Ты где? Дай руку, не бойся».

Она вцепилась в него, старик крякнул.

«Полегче, ты мне пальцы сломаешь. Знаешь ли ты, что страх — самый мощный из биопсихических стимуляторов?

Под его воздействием мышечная функция может усиливаться в восемь раз».

«Дедушка! — пискнула девочка. — Выпустите меня отсюда! Пожалуйста, миленький!»

«Ну как я тебя выпущу? Я же не лифтер. Но ты успокойся. Сейчас мы вызовем диспетчера. У тебя есть мобильный?»

«Есть...»

«Доставай».

«Точно! Я маме позвоню! — Стуча зубами, девочка достала телефон и вскрикнула. — Не работает! Ни одной пипочки!»

«Конечно, не работает. Мы в стальном ящике. Сигнал не проходит. Но это ничего. Ты просто посвети, я найду, где тут кнопка вызова...»

Голубоватый свет закачался — рука девочки ходила ходуном.

«Ага, вот... Диспетчер!»

Ответили сразу.

«Слушаю».

«Это дом 24, корпус 1, второй под...»

«Тетенька! — заорала девочка, прижавшись губами к самому щитку. — Мы застряли! Миленькая! Дорогая! Скорей, пожалуйста!»

«От микрофона подальше. Не слышу ничего».

«Погоди... — Старик мягко отодвинул девочку. — Это вторая парадная. Тут школьница нервничает. На уроки опаздывает. Можно как-нибудь побыстрее нас вызволить?»

«Питание в шахте вырубилось. Не только во втором подъезде, во всех. Сейчас аварийную вызову. Ждите».

«Сколько ждать?! Я тут сдохну у вас! Хоть свет включите!»

Но сколько девочка ни кричала, ответа не было. Наверное, диспетчерша объяснялась с другими застрявшими. А может, просто отключилась, чтоб не надоедали, — все равно ничего не сделаешь, пока не прибудет мастер.

Креативщик

«Не трясись ты так. — Старик нашел в темноте острое плечо, легонько по нему похлопал. — Давай разговаривать. Легче будет».

«Я... не... могу, — с истерическим подвизгиванием ответил голосок. Но через несколько секунд девочка сама попросила. — Не молчите, а? Пожалуйста! Дедушка, говорите что-нибудь. Я слушать буду».

«Не только слушать, но и слушаться. Договорились?»

«Ага».

«Тебя пугает темнота. А ты зажмурься, да еще прикрой лицо ладонями. Представь себе, что тут светло, просто ты смотреть не хочешь... Ну как, стало полегче?»

«...Немножко... Я вас никогда не видела. Вы в нашем подъезде живете или в гостях были?»

«Кто ходит в гости рано утром? Я из 76-й квартиры».

«Это на девятом? Я думала, там никто не живет».

«Никто и не живет. Я эту квартиру год как купил, а выбрался сюда в первый раз. Так и стоит пустая, почти без мебели. Я вообще-то живу в Москве, но сам родом питерский. Когда-то на месте этой девятиэтажки стоял дом моих родителей. В шестидесятые снесли. Тут все так изменилось. А все равно тянет. Как говорится, к истокам. Вот и купил, хе-хе, недвижимость...»

Говорил он уютно, размеренно. Наверное, хотел, чтобы подружка по несчастью успокоилась. До этого пока было далеко, зубы у девочки так и клацали, но она очень старалась не сорваться.

«Говорят, у пенсионеров денег нет. А вы вон квартиру купили. Просто, чтоб оттянуться. Здорово».

«Я не пенсионер, — с обидой сказал старичок. — Я на телевидении работаю».

Это ее заинтересовало, даже трястись перестала.

«Реально? Очуметь! — Потом подумала и предположила. — Наверно, на канале «Культура». Его бабушка смотрит».

«С чего ты взяла, что я работаю на «Культуре»?

Анна Борисова

«Там все старые».

Он еще больше обиделся.

«Не такой уж я старый. Просто с утра плохо выгляжу. Ты бы на меня вечером посмотрела. И вообще старость — понятие относительное. Я когда в твоем возрасте был... Тебе двенадцать с половиной?»

«Точно, — поразилась она. — Вы откуда знаете?»

«Когда мне было двенадцать с половиной, мне и тридцатилетние казались пожилыми».

«А то нет?»

Старик, который не хотел, чтобы его считали старым, вздохнул и не стал развивать тему.

«Что вы молчите? — сразу запаниковала девочка. — Вы тут? Дедушка!!!»

«Что ты орешь? Куда я денусь?»

«Тогда не молчите. Вы на телевидении кем работаете? Я вас никогда не видела. Инженер, наверно?»

«Нет. Я креативщик. Есть такая специальность. Видела, в титрах пишут "Автор оригинальной идеи"? Это про нас. Креативщики — это люди, которые придумывают новые проекты. Шоу всякие, викторины, темы сериалов. В общем, всё новое, чего раньше не было».

«Здорово. А платят хорошо?»

«Если идея хорошая, хорошо. Если плохая, ничего не платят».

«Неужели никого помоложе не нашлось новое придумывать?» — спросила девочка. Воспитание у нее все-таки было из рук вон.

«Сколько угодно. Но у молодых голова хуже работает. У них мозги бабл-гамом надуты. Привыкли на заграницу оглядываться. Ничего оригинального придумать не могут. Все наши шоу покупные. Так сказать, с иностранным акцентом. А мы, старые волки, чужим умом жить не привыкли. Нас учили, что пароход изобрел Кулибин, самолет — Можайский, а радио — Попов. Всегда и во всем приоритет должен быть наш. Поэтому к моим идеям начальство прислушивается, не могу пожаловаться».

«А вы какие шоу придумываете? Реалити?»

«В том числе. Но не такие, какие сейчас крутят. Они все как построены? Найти слабое звено, выдавить кого-нибудь из жизни. Гадость это. Учат молодое поколение быть дворняжками. Как, знаешь, в своре бродячих собак. Кто самый слабый, на того все и кидаются. Вот у меня сейчас проект запускается, там все по-другому. В душ и в спальню подглядывать не лезут, слабых не дожимают. Развивают в человеке лучшее, что в нем есть, а не худшее».

«Скукота. Как в школе. В человеке все должно быть прекрасно. И чего-то, и чего-то, и душа, и мысли. А-Пэ Чехов».

«Ничего себе скукота. — Старик фыркнул в темноте, будто филин в ночи. — У нас недавно на съемках такое случилось — кошмар. Вроде нашего лифта. Только в тысячу раз страшней».

«Если страшней, лучше не рассказывайте. Прикиньте — я и так вся трясусь».

«Как хочешь».

«...Ладно, валяйте. Только я вас снова за руку возьму, можно?»

Ладошка у нее была холодная и мокрая. Старик ободряюще сжал ее.

«Сейчас я делаю игровое реалити-шоу. Называется «Один за всех и все за одного».

«Фигня. Смотреть не будут с таким названием».

«У нас тоже мнения разделились. Может быть, название еще поменяют. Это делается на последнем этапе, а мы пока на стадии пилота. Знаешь, что такое «пилот»?»

«Это даже первоклашки знают. А чего там надо делать, в вашей игре?»

«Сокровище искать. Понимаешь, набор тем, пригодных для массового шоу, очень мал. Тут оригинальничать нельзя. Существует всего четыре сюжета, всегда волнующих широкую публику. «Как разбогатеть не работая», «Золушка становится принцессой», «Найди свою половинку» и «Любовный треугольник». Мое реалити-шоу относится к первому разряду. Вечная сказка о пещере Аладдина. Но сокровище не сказочное, а совершенно реальное. Пилотный блок называется «Золотой эшелон», там нужно найти ящик с золотыми слитками. Потом будет «Остров сокровищ»: пиратский сундук, набитый настоящими пиастрами, дукатами и дублонами; съемки в Карибском море. Третий блок — «Копи царя Соломона». Снимать будут в Южной Африке, приз — россыпь алмазов».

«Супер! Это сколько по деньгам? Реально сколько?»

«Ох, дети, дети. Что с вами стало? — вздохнул старик, однако на вопрос ответил. — Могу точно сказать по «пилоту», потому что он уже снят. Там в ящике пуд чистого золота в слитках 999-й пробы. Рыночная стоимость на сегодняшний день примерно 400 тысяч долларов».

«Круто!»

«Приз серьезный, но для проекта такого масштаба в общем-то ерунда. Знаешь, сколько дает реклама за час праймтайма?»

«Сколько?»

Креативщик рассердился.

«Ты мне надоела со своим меркантилизмом! Это был риторический вопрос».

«Какой?»

«Не знаю я, сколько сейчас стоит реклама! Я занимаюсь креативом, а не бухгалтерией, поняла?»

«Поняла, поняла. Так чего у вас там, в игре?»

«Есть два гуру, ну то есть учителя. У каждого своя команда, по четыре человека. Белые и Красные. Они называются «искатели». Отбираются произвольно, компьютером. Это самые обыкновенные люди из числа тех, кто подал заявку на участие. Никакого отсева, никаких ограничений. Только по здоровью — минимально необходимые. Но берем даже инвалидов, если нет медицинских противопоказаний. У нас аутсайдеров не бывает в принципе. Задача учителя сделать из четырех совершенно случайных людей работоспособную бригаду. Он должен в каждом искателе найти что-то полезное для дела и выстроить в команде такие взаимоотношения, чтобы люди не мешали друг другу, а действовали как единый механизм. Такая мини-модель правильно устроенного общества, где всякому человеку найдется свое место. Кто-то, предположим, физически слабый, но хорошо соображает. Кто-то дурак дураком, но душевный. Еще кто-то хозяйственный. Ну и так далее. Бесполезных людей не бывает, бывают бездарные руководители, которые плохо разбираются в людях».

«А если я, например, не хочу, чтобы во мне кто-то разбирался? Или компьютер таких козлов подобрал, что меня от них от всех ломает?»

«Правильно ставишь вопрос. В обществе есть люди, не выносящие коллектива. Законченные индивидуалисты. Такой «искатель» имеет право пуститься в самостоятельный поиск, никто его принуждать не будет. Найдет клад в одиночку — забирает почти всё себе. Но зато если команда обнаружила сокровище без его помощи...»

«То ему фигу с маслом, да?»

«Именно. Я сказал «забирает почти всё», потому что 20 процентов в качестве приза получает гуру. Если, конечно, клад отыскал кто-то из его команды.

«А если клад вообще не найдут?»

«Ну, значит, не найдут».

«Ага, хитрые какие!»

«Зря ты так. Там всё по-честному. Зрителям с самого начала показывают, где спрятано золото. Но ни учителям, ни искателям место неизвестно. Они ведь в изоляции, в глухой тайге. Никакой связи с внешним миром, это строго. Ищут всерьез, без дураков. К каждому участнику приставлен персональный оператор. И еще у «искателя» спереди на каске мини-камера».

Анна Борисова

«Зачем?»

«Потом объясню. Вечером оба гуру, каждый по отдельности, делятся с телезрителями своими выводами и заключениями. Что ценного в каком из членов команды они обнаружили. Потом показывается «разбор полетов». Учитель применяет свои выводы на практике: распределяет обязанности и задания на следующий день. Зрители при этом видят, «горячо» или «холодно». В смысле, кто подобрался к цели ближе, а кто от нее далек. Тут еще один важный элемент, подстегивающий зрительскую заинтересованность. Работает тотализатор, в котором можно делать ставки. На всю команду или на игрока, который первым обнаружит тайник, это как кто захочет. Поскольку это был пилотный выпуск, мы собрали фокус-группу всего из 1000 зрителей. Потом, когда шоу пойдет в эфир, оно, конечно, будет даваться в записи, смонтированными кусками, но «пилот» мы транслировали практически напрямую. Почти в реальном времени. То есть каждый из тысячи зрителей мог наблюдать за происходящим круглосуточно. И делать новые ставки. Что стало для всех нас сюрпризом — это накал азарта. Сначала люди ставили вяло. По сто рублей, по двести. А под конец кое-кто забубухивал десятки тысяч. Начальство даже решило, что придется ввести ограничение на максимальную ставку, иначе у нас вся страна заболеет «золотой лихорадкой». Ты только подумай. Несчастная тысяча зрителей вложила в игру сумму, которая оказалась выше цены самого клада! Больше, чем стоят восемь пятифунтовых слитков чистого золота с двуглавым орлом царской чеканки!»

«Почему царской?»

«Разве ты не знаешь про «Золотой эшелон»? — удивился креативщик. — Ну как же, это такая увлекательная история! Когда я был школьником, мы все знали. И кино такое было. Правда, там всё перевранo. Сейчас коротенько расскажу. Слушай.

Креативщик

Во время Первой мировой войны золотой запас Российской империи хранился в глубоком тылу, в городе Казани. Когда началась смута и неразбериха, весь этот бесценный груз, больше 500 тонн золота, достался белогвардейцам, адмиралу Колчаку. Ну про Колчака ты хоть знаешь?»

«Конечно, знаю. Кино смотрела. Он такой несчастный был. Любил Лизу Боярскую, она классная такая — вообще! А его расстреляли, в проруби утопили. Жалко — ужас».

«Вот-вот. Но перед тем, как адмирала расстреляли, он распоряжался всем этим громадным сокровищем. Часть потратил на военные нужды, а осенью 1919 года, когда начал отступать, погрузил золото в поезд. Понадобилось больше пятидесяти вагонов. Это и был «Золотой эшелон». С ним произошло много приключений, которые я не буду тебе пересказывать. Основная часть золота в конце концов досталась большевикам, но много и пропало. Сколько-то ящиков исчезло бесследно, в других вместо слитков оказались камни. Видимо, охранники поживились. На этом историческом факте и построен сюжет».

«Супер!»

«Спасибо. Каждый сезон моего реалити-шоу начинается с постановочного эпизода. Такое мини-кино, в котором рассказывается, при каких обстоятельствах был спрятан клад. И где именно. В «Острове сокровищ» зрители увидят корвет капитана Флинта и пиратов. В «Копях царя Соломона» — Алана Квотермейна и его храбрых товарищей, за которыми гонятся чернокожие хранители сокровища. В «Эльдорадо» — отряд испанских конкистадоров... А, я тебе не говорил? Четвертый сезон будет называться «Эльдорадо». Съемки в перуанских горах. Но это еще не скоро. Высокобюджетная съемка. А «пилот» был сравнительно дешевый. Делался в забайкальской тайге».

Креативщик прервал рассказ и выпустил ладонь девочки.

«Рука у тебя согрелась. Тебе уже не очень страшно?»

«Очень, — буркнула девочка. — Хоть бы свет дали, гады».

«Ничего, без света даже лучше. Легче представить, как всё это было. Ты за меня больше не держись. Забудь, что ты застряла в лифте. Включи воображение...

Серия «Золотой эшелон» начинается с игровой заставки. Съемка идет черно-белая, тонированная под старую кинохронику.

Представь себе.

Сибирская зима. Ветер гонит поземку вдоль железнодорожного пути, на котором стоит длинный состав. В темноте мигают огоньки населенного пункта.

Появляется титр.

СТАНЦИЯ ЗИМА.
ВОСТОЧНО-СИБИРСКАЯ ЖЕЛЕЗНАЯ ДОРОГА.
ПОСЛЕДНЯЯ НОЧЬ 1919 ГОДА

Бах! Бах! Бах! Бах! Бах! Бах! Бах!

Семь вспышек, семь выстрелов. Кто-то, высунувшись из тамбура, высадил обойму в черное небо. Пьяные голоса в вагоне закричали «Ура!».

Стрелял распаренный офицер в кителе нараспашку. Мимо него протиснулся и спустился по ступенькам пожилой очкастый капитан в башлыке.

— Лахов, вы куда? Сейчас кукушка двенадцать раз прокукует. Новый год! — сказал ему распаренный.

Донесся гитарный перебор, кто-то внутри с чувством вывел:

> *Этих дней не смолкнет слава,*
> *Не померкнет никогда.*

Хор нестройно подхватил:

> *Офицерские разъезды*
> *Занимали города!*

Креативщик

— Дайте выйти. — Капитан спрыгнул. — Двенадцать часов — время обхода. Новый год подождёт.

Он пошёл вдоль поезда размеренной походкой. Снег скрипел у него под каблуками.

Вдоль насыпи пылали костры. Около них грелись солдаты оцепления, собравшись группками. Там тоже пили и пели.

Капитан покосился в ту сторону, вздохнул и пробормотал: «Разболтались, скоты».

У соседнего вагона, прислонившись к стенке, стоял присыпанный снежной трухой часовой. Завидев офицера, не без труда выпрямился, взял на плечо винтовку с примкнутым штыком. Икнул. Лахов потянул носом, принюхиваясь, но ничего не сказал.

Поднялся по лесенке.

Вагон был устроен необычно. Примерно половину занимало открытое пространство: вдоль стен лежаки и ружейные шкафы, драный стол с лампой. За столом, обхватив голову руками, сидел человек с двумя серебряными звёздочками на погоне.

— А, вы, — хмуро сказал он, поднимаясь. — Проверяете? Нормально всё. Мои у костра. Новый год отмечают. В салон-вагоне весело?

— Дым коромыслом.

Капитан прошёл в середину. Там была установлена прочная стальная решётка, за ней глухая дверь. Проверяющий осмотрел пломбу. Не оборачиваясь, спросил:

— Ключ от двери?

— Здесь, здесь. У меня.

Начальник вагонохранилища вытянул из-под гимнастёрки цепочку, на которой висел ключ.

— Смотрю я на вас, господин капитан, и удивляюсь. Всё разваливается к чёрту, а вам хоть бы что. Если мы ещё как-то держимся, то из-за таких, как вы. Вопрос, надо ли держаться? Может, пускай лучше всё уже развалится?

Капитан отрезал:

— Лирика. А мы люди военные. С Новым годом вас.

— И вас туда же, — пробурчал подпоручик. Снова сел в ту же позу.

Точно так же очкастый обошел еще несколько вагонов. Перед каждым стоял постовой, внутри дежурил офицер. Один из них лыка не вязал. Сменить его было некем, поэтому Лахов временно изъял у него ключ от двери хранилища и устроил нарушителю дисциплины выволочку.

— Чего ждать от нижних чинов, если вы подаете такой пример! Стыдитесь!

Поручик покачивался, смотрел на контролера мутно.

— Хотите застрелюсь? — сказал он, то ли издеваясь, то ли всерьез. — Все одно конец.

Капитан плюнул и вышел.

У следующего вагона приседал-приплясывал не солдат с винтовкой, а унтер в добротном полушубке. Правый рукав был пустой, просунут под ремень портупеи.

— Ночь-ноченька, — приговаривал он, выпуская облачка пара. — Невестушка моя, жданая-гаданая...

— Вахмистр Семенчук? — спросил подошедший капитан. — С кем разговариваешь?

Унтер вытянулся.

— Сам с собой, ваше благородие.

— А часовой где?

— Упился, змей. Прогнал его с глаз долой. Завтра проспится, ряху начищу. А пока вот сам.

— Это правильно.

В вагоне за столом сидел молоденький прапорщик, читал книгу.

Проверяющий покосился на страницу, увидел, что это стихи. Дернул усом, но воздержался от комментариев.

Проверил пломбу на решетке. Попросил показать ключ. У прапорщика он оказался в заднем кармане брюк.

— Сергей Никифорович, долго мы еще тут стоим, не знаете? — спросил юноша.

Креативщик

— Пока не получим приказ.
— А потом куда?
— Наверно, в Иркутск. Если он еще...
Капитан не договорил.
— А из Иркутска? Во Владивосток? Потом уже некуда...
— Послушайте, Левицкий. В каждом вагоне одно и то же нытье! Надоело. Я главный хранитель, а не верховный правитель. Надо исполнять службу. Иначе свихнемся. Ясно?
— Ясно...
— С Новым годом. Бог даст — не последний, — без особенной надежды сказал на прощанье главный хранитель.

Увы. Новый 1920 год для него закончился уже через минуту. Когда капитан спустился в снежное кружево, он не увидел на посту непьющего вахмистра.

— Семенчук! Ты где?
— Здесь я, — раздалось сзади.

Из-за угла, от тормозной площадки шагнул Семенчук и ударил офицера ножом в спину. Тот ойкнул удивленно и жалобно, хотел обернуться. Но убийца обхватил его сзади единственной рукой за горло и прошептал:

— Тихо, милай. Тихо.

Уложил обмякшее тело на землю, зашарил по карманам, за пазухой. Достал ключ, потом еще один. Поднес к фонарю, покачивающемуся на ветру. Первый ключ был тот, что покойник отобрал у пьяного поручика из другого вагона.

— Эхе-хе, — сокрушенно прошептал вахмистр, отшвыривая железку в снег. — Кабы десять рук да десять ног...

Второй ключ он поцеловал и спрятал в карман. Труп затолкал под вагон. Оглянулся. Быстро поднялся по ступенькам.

— Ваше благородие, ну что, надумал? — сказал он, приблизившись к прапорщику.

Левую руку при этом держал в кармане.

— Ты о чем?
— Знаешь о чем. Приехали мы. То самое место. Уходить пора.

Молодой офицер изменился в лице, заморгал. Попробовал повысить голос:

— Я тебя предупреждал! Не смей вести со мной такие разговоры! Я не доносчик, но говорю последний раз...

Однако тон был неуверенный, и Семенчук перебил начальника:

— Ты не говори. Ты слушай. Для кого золото стережем? Кому везем? Японцам? Большевикам? Пропала Расея. А ты молодой. Расправь крылья, не будь дураком. Жизня, парень, она короткая. После будешь локти кусать. А место самое верное. Спрячем — никто не сыщет. Когда поутихнет, вернемся.

Прапорщик сел. Его лицо шло красными пятнами.

— Ты же знаешь, Семенчук. У меня только ключ от двери. Ключ от решетки у главного хранителя.

Тут вахмистр вынул руку из кармана.

— Вот он, ключ. Давай, милай, не спи! Шевелись, сахарный! У меня лыжи припасены.

Заскрежетал замок, лязгнула стальная решетка, скрипнула дверь.

Под потолком хранилища зажглись лампы.

На деревянных полках лежали ящики: слева плоские, для слитков; справа повыше — для монет.

— Эх, нам бы сани, — плачуще посетовал Семенчук. — Пудов пять бы взяли. Ладно. Жадный куском подавился. Я пудовый ящик возьму, со слитками. Больше мне, калеке, не уволочь. Где твой мешок немецкий?

— Рюкзак.

— Ага. Сыпь в него империалы. Сколь унесешь. Только учти, дорога неблизкая.

Затрещали доски. В черно-белом кадре вдруг возникло ослепительное тягучее сияние — это засверкали слитки с клеймом.

— Господи, с ума сойду... — пропел Семенчук.

Креативщик

Опустился на колени, прижался к металлу небритой щекой. Из уголка глаза вытекла слеза.

Прапорщик Левицкий вернулся с рюкзаком и горстями сыпал в него звонкие, переливчатые монеты.

И вот похитители уже в лесу, далеко от железной дороги. Впереди шел Семенчук широкой, мерной походкой бывалого лыжника. За спиной в мешке угадывался прямоугольный контур ящика.

Сзади, отталкиваясь палками, тащился Левицкий.

— Ах, ноченька, прощевай, милая, — приговаривал вахмистр, поглядывая в восточную сторону, где начинало розоветь небо. — Век не забуду.

— Что, ваше благородие, пристал? — крикнул он, обернувшись. — Много желтяков взял. Надорвешься. Ссыпь фунтов десять вон в то дупло. Я этот дуб запомню.

— Я лучше винтовку... — Прапорщик снял с плеча трехлинейку, бросил в снег. — Далеко еще?

— День да ночь. К другому утру выйдем.

— А поближе нельзя спрятать?

— Можно. Если без ума, на русский авось. Только я, милай, авося не уважаю. Там такое место, только черт сыщет. Сто лет пролежит, никто не тронет.

— Да что за место?

— Дыра каменная. Я там когда-то старательствовал, золото искал. Десять лет тому. Там и руку оставил.

— Ты ж говорил, ее на германской оторвало?

— Мало чего я говорил. Не был я на германской. И не вахмистр я никакой. Бумажки чужие. Погоны тож. К поезду золотому прибиться хотел.

Прапорщик покрутил головой, но ничего на это не сказал.

— А как руки лишился?

— Заряд динамитный не так положил. Ну, мне руку-то камнем и прижало. Не выдернуть. Коготок увяз, птичке пропасть. И нет никого, один я там был. Делать нечего. Жгутом повыше локтя перетянул, топором жахнул... Главное, впустую всё. Не было там золота... Ништо. Не было, а теперь будет. Идем, паря, идем.

Следующую ночь они провели в овраге у костра. Выбившийся из сил прапорщик спал, подложив под голову мешок с монетами.

Семенчук курил, шевелил суком огонь и всё бормотал что-то, бормотал.

Добродушно поглядел на спящего.

— Охо-хо, молодость.

Поправил на мальчишке сползший полушубок.

— Спи, милай, спи.

Утром они шли след в след по узкой тропе, над обрывом, под которым белела замерзшая река. На лыжах передвигаться здесь было невозможно. Они остались торчать в снегу, за утесом.

— Далеко еще? — спросил Левицкий.

За день и две ночи его свежее лицо обветрилось, губы растрескались, глаза запали.

— Последний раз вот туточко передохнем, а там уж рукой подать. Сымай поклажу, парень. Передохни.

Семенчук сел на край, свесил ноги в валенках и беззаботно поболтал ими. За все время он не спал ни минуты, но усталым не выглядел.

— «Из-за острова на стрежень», — запел он, озирая речной простор. — Красота-то, а? Я, милай, красоту ужас как люблю.

Прапорщик смотрел на него с удивлением.

— А летом тут, знаешь? Тайга зеленая, небо синее, река черная. Осенью еще краше. Вон из-за той сопки журавли по небу как запустят...

Семенчук показал на лесистый холм, горбившийся вдали. А когда юноша повернул голову в ту сторону, вахмистр

Креативщик

выдернул из пустого рукава нож и полоснул товарища по горлу. Проворно поднялся, ударом ноги сшиб хрипящего прапорщика вниз.

Тот сорвался, но кое-как вывернулся и слепым движением схватился за первое, что попалось, — за лямки тяжелого рюкзака. Раненый несомненно рухнул бы с обрыва вместе с мешком, если б Семенчук не успел схватить рюкзак за вторую лямку.

— Не балуй! Что золотишко донес, спасибо. Куды бы мне, однорукому? А ныне лети себе с богом.

Левицкий вряд ли его слышал. Глаза прапорщика закатились, изо рта вырывалось сипение, но пальцы судорожно сцепились, не разжимались.

Осердясь, Семенчук попробовал ударить по руке носком валенка. Чуть не потерял равновесие, качнулся. Выпустил лямку, чтобы не упасть.

В падении тело перевернулось вниз головой. Тяжелый мешок ударился о лед первым. Ткань лопнула, во все стороны разлетелись желтые блестки.

Сверху, с тропы казалось, что мертвец лежит на белом, со всех сторон окруженный золотой пыльцой.

Толстый ледяной панцирь выдержал, не проломился.

— Тьфу, незадача! — сказал вахмистр.— Ладно, после слазаю.

Не очень-то он и расстроился. Убийцу распирало радостное волнение. Оказавшись вблизи от цели, он будто немного повредился в уме.

Приговаривал, напевал, а то и приплясывал.

Отойдя от места преступления метров на десять, он оказался у входа в узкую трещину, расколовшую высокий берег сверху донизу.

— Э-ге-гей! — заорал Семенчук во весь голос. — А вот и я! Не ждали?

Ему ответило дерганое эхо: «Ждали, ждали, ждали!» Он расхохотался.

Анна Борисова

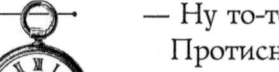

— Ну то-то.

Протиснулся в щель, заковылял по осыпавшимся камням. Лаз постепенно расширялся. Превратился сначала в расщелину, потом в темное ущелье. Справа показались три прямоугольные дыры, когда-то пробитые динамитом.

Вахмистр всхлипнул.

— Жизня моя жизня, колечко золотое... Закольцевалась, родимая.

Он миновал первый вход, второй. Возле третьего остановился. Поставил на землю заплечный мешок, развязал. Погладил дощатое ребро ящика, вынул фонарь.

Перед тем как войти, задрал голову и посмотрел вверх, на светлую полоску неба, с двух сторон стиснутую кручами.

— «Имел бы я златые горы и реки полные вина»! — запел Семенчук, но дальше первого куплета дело не пошло. Эхо тоже хотело участвовать в пении, но только мешало.

— Ладно. После попоем...

Пригнувшись, он полез в недлинный тоннель, скоро закончившийся большой естественной пещерой. Там вахмистр зажег фонарь. Луч погулял по стенам, по неровному полу. До свода не достал.

— Где она тута? Ага!

Осторожно переставляя ноги, чтоб не споткнуться, он направился в дальний угол, где лежала груда больших камней. Остановился. Дыхание стало прерывистым.

В ярком пятне света что-то белело.

Это была кость, зажатая между глыбами.

— Лежишь? Рученька ты моя... Вишь, и без тебя управился.

Вахмистр прошел дальше. За каменной осыпью в стене спряталась нора, проделанная в породе взрывчаткой и киркой. Стенки поблескивали крупицами серного колчедана, который часто сопутствует золотому месторождению.

Креативщик

— Блестите? — сказал Семенчук колчедановым искоркам. — Поблазнили золотом, да обманули. А золотишко вот оно. — Он стукнул по мешку и засмеялся.

Чтобы пролезть по штреку, пришлось согнуться в три погибели. Фонарь он повесил себе на шею. Через несколько метров лаз вывел в следующую пещеру, гораздо меньше первой. Здесь-то вахмистр и собирался спрятать сокровище. Он кое-как вытащил ящик, положил его у стены и открыл крышку. Долго смотрел, как мерцают слитки. Говорил с ними, плакал, смеялся.

Напоследок произнес:

— Ну, полежите тут покеда. За монетками, сестренками вашими, слазюю.

В углу лежал старательский скарб: инструменты и снаряжение, закопченный чайник, несколько заржавевших консервных банок. Семенчук взял кирку, повесил на себя большой моток веревки и выбрался назад, в большую пещеру. Без тяжелого мешка он двигался быстрей.

Возле глыб, зажавших отрубленную руку, вахмистр остановился. Ему пришла в голову идея.

— Рученька ты моя. Похороню тебя честь по чести. — Он хихикнул. — Или в золото оправить, да на стенку повесить?

Он вставил острый конец кирки в зазор между валунами, навалился. Управляться одной рукой было трудно. Выручили сила и сноровка.

Сверху посыпались мелкие камешки.

— Иийэхххх! — выдохнул вахмистр, просовывая кирку все дальше.

Валун чуть-чуть приподнялся, соглашаясь выпустить свою добычу. Оставив инструмент торчать, Семенчук вытянул то, что осталось от его конечности.

— Ну, здорово. Отошшала ты тут, сиротинушка.

Плоть полностью истлела. Он держал в руке две белые кости, на которых болталась размозженная кисть, и горестно вздыхал.

Анна Борисова

А груда камней все шевелилась, кряхтела, будто ее потревожили во сне и теперь она никак не может удобно устроиться. Большой кусок гранита, лежавший на самом верху, тронулся с места. Сполз ниже, покачался на краю, сорвался — прямо на склоненную голову Семенчука.

Раздался хруст, сдавленный крик, лязг разбившегося фонаря.

«В пещере стало тихо и темно, как в нашем лифте... — заключил креативщик свой рассказ. — Такая вот киноновелла. Занимает десять минут экранного времени. Во всех выпусках после первого дается 60-секундный сокращенный ролик, под песню «Однорукий скелет». В конце кадр: темная пещера, где лежит скелет вахмистра Семенчука. Держит в левой руке правую. Ну как тебе?»

«Нормально. А что такое «вахмистр»? — спросила девочка и возмутилась. — Блин, они чего себе там думают? До завтра, что ли, нам здесь сидеть?»

Она нажала кнопку микрофона.

«Алё! Тетенька! Ну вы чего там?»

«В самом деле, — подхватил старик. — Сколько можно? Девочка на урок опоздала!»

«Плевать на урок, все равно математика. Но я тут чокнусь, реально!»

Сколько они ни взывали к невидимой диспетчерше, ответа не было.

«Бессмысленно. — Креативщик вздохнул. — Отключилась. Наверно, ей надоело слушать, как все скандалят. Наберемся терпения».

Его спутница по несчастью жалобно посопела, поохала, но смирилась.

«Ладно. Чего там у вас случилось? На съемках. Ну, вы говорили, типа кошмар какой-то. Хуже, чем у нас тут. Куда хуже, не знаю. Я отсюда вся седая выйду, вроде вас буду».

Креативщик

«Знаешь, я не седой, — с достоинством ответил он. — У меня волосы от рождения очень светлые, почти белые. То есть, может, и седой, но поседел — сам не заметил. Так рассказать про съемки? Тебе интересно?»

«Конечно, интересно. А чего с монетами, которые на лед упали?»

«Пропали. Места там глухие, тайга. Никто не ходит. Весной начался ледоход, и унесло убитого прапорщика. Утонули империалы. Или, может, ниже по течению кто-то подобрал. В нашем тайнике лежал только ящик с пудом золота в слитках. Тоже немало».

«А то! Четыреста тысяч баксов!»

«Увидели, значит, зрители фокус-группы этот игровой зачин. Запомнили место, где находится тайник. Крутой берег реки, тропинка, вход в ущелье, третья пещера. Потом в зоне высадились две команды, «красная» и «белая». У каждой в тайге свой лагерь, далеко друг от друга, но примерно на одинаковом расстоянии от цели. Искатели в каждой группе познакомились между собой. Гуру побеседовал со всеми вместе и по отдельности. Зрители наблюдают, выбирают, на кого делать ставку.

Я участвовал в качестве учителя «белых». Между прочим, первый раз за всю свою карьеру удостоился попасть в кадр. Кто гуру у «красных», я не знал. Кого компьютер подобрал во вторую команду, не видел. Сценарий киноновеллы писал не я, и где спрятан клад, я понятия не имел. Съемки «колчаковского» сюжета производила другая группа. Зона поиска — триста квадратных километров. Где-то в тайге спрятан ящик с золотыми слитками. Вот и всё, что было известно мне и игрокам. Без дураков, по-честному.

По правилам мне из лагеря отлучаться нельзя. Я только распределяю задания на день и вечером подвожу итоги. Сам не отхожу от мониторов. Там на каждого из моих отведено по два экрана. На один транслируется съемка с камеры оператора. Он должен всюду следовать за своим подопечным. Ни во что не вмешиваться, в разговоры не вступать, а только снимать, снимать, снимать. Через некоторое время игрок вообще перестает обращать внимание на оператора. На другой монитор идет изображение с «субъективной камеры». Она вмонтирована в каску «искателя». Куда он повернет голову, то мне и видно. При этом с оператором у меня и у режиссера есть аудиосвязь, а с игроком нет. Вижу картинку, слышу звук, а никакой команды или подсказки дать не могу».

«А если заметите чего-нибудь важное?»

«Я смогу ему сообщить об этом только вечером. За это время сокровище могут обнаружить соперники, но тут ничего не поделаешь».

«И кто у вас оказался в команде?»

«Сейчас расскажу. Один крепкий, спортивный мужик, из отставников. Я сразу понял, с ним у меня проблем не будет. Четкий, дисциплинированный, с хорошей физической подготовкой. Если бы я мог сам делать ставки, то поставил бы на него. Уверен был, что первым тайник обнаружит он.

Второй искатель показался мне совершенно бесполезным. Толстый такой, пастозный дядечка хорошо за пятьдесят. Работает поваром в кафе. Что его в тайгу понесло, непонятно. Старательный, все записывает, но жутко бестолковый. С ним мне пришлось повозиться. Главное, он еще и депрессивный оказался. Переживал, что он всем в тягость, комплексовал. Дикий зануда. Вечером часа по два мне ухо жевал, и все про одно и то же. Но на четвертый день я наконец придумал, как его использовать. Занудство — та же педантичность. В принципе очень ценное качество. Я поручил повару идти в хвосте группы с шагомером и компасом, регистрируя продвижение и занося его на карту. Он отлично справлялся, и с его помощью наши поиски очень успешно пошли по квадратно-гнездовому методу. Мой толстяк воспрял духом, ощутил себя ценным членом команды. Я, честно скажу, был собой очень горд.

Креативщик

Потом еще женщина из Краснодара, учительница. Физически не шибко сильная, но, как говорится, легкая на ногу. И сообразительная. Ее я придумал использовать в качестве разведчицы. Она шла впереди без поклажи, определяла, есть ли смысл двигаться дальше в данном направлении. Если там, допустим, голая поляна, где тайник не спрятать, или непроходимая топь, учительница спешила обратно, и группа меняла курс. Отставник тащил на себе инструменты и все тяжести. Сзади шел повар, помечал маршрут. День на пятый, на шестой мои искатели заработали, как слаженный механизм. И между собой жили душа в душу».

«Это трое. Но в команде-то четверо?»

«В том и штука. С четвертым искателем нам ужасно не повезло. Точней, с искательницей. Типичная такая современная деваха, будто с конвейера сошла. Двадцать два года ей. Размалеванная вся, голый живот, на плече татуировка. Ходячий кошмар. «Дом-2», «фабрика звезд», «минута славы». У нас такую молодежь зовут «эрноиды», в честь нашего телевизионного начальника. Он их породил, они его в конце концов и убьют».

«А, я знаю. Это из книжки «Тарас Бульба». Только там наоборот. Типа: я тебя породил, я тебя и грохну. Про хохлов. Отстой».

«Вот-вот. У этой тоже через слово «отстой-супер», «реально-нереально». Звать, разумеется, Олеся. Они все сейчас либо Олеси, либо Яны, либо Насти. В крайнем случае Ксюши».

«Ну и чего? Я тоже Олеся».

«Поздравляю. Твоя тезка сразу всем нам объявила, что ей никто не нужен. Она отыщет клад сама и весь заберет себе. Попробовала качать права. С какой-де стати она должна 20 процентов отдавать учителю, то есть мне. Ей объясняют: такие правила игры, деточка. Она поняла по-своему. «Типа откат? Ясно, нет вопросов». Девочка пришла в игру, чтобы стать звездой и, как она выражалась, «конкретно наварить бабла». Можешь себе представить, как ее полюбили все остальные. В первый вечер на персональном тотализаторе (это который не на команду в целом, а на отдельных игроков) моя Олеся котировалась очень кисло. Зрители расценили ее шансы найти сокровище первой как один из пятисот. В командном же рейтинге мы уступали «красным» почти вдвое. Другая команда была расценена фокус-группой как более перспективная. Но это только распалило мой азарт.

Я думал, что буду играть с гандикапом, без одного искателя, потому что стерва Олеся в первый день с утра пораньше ушла в тайгу и неизвестно где шлялась. От оператора она оторвалась, объектив «персональной камеры» залепила пластырем. С ее монитора доносились только звуки. Треск сучьев, пыхтение и всякие короткие слова. В эфире можно было оставить только «блин!», остальные пришлось заглушить писком. Вечером Олеся вернулась исцарапанная, вся в комариных укусах. Где была, не рассказывает. Ну, мы с режиссером, конечно, задали ей взбучку. Сказали, что, если еще раз проделает такую штуку с объективом, вышибем из игры к чертовой матери. Рейтинг ее на второй день снизился до 1:1000.

Назавтра опять отправилась на поиски одна. Я следил за ней даже больше, чем за группой. Любопытно. Она все время двигалась рысцой, по-собачьи втягивая воздух. Оператор за ней еле поспевал. Никакой системы в ее перемещениях не было. Иногда проделывала несколько кругов по одному и тому же участку. Или вдруг полезла в болото, хотя могла бы сообразить, что никто в трясине золото прятать не станет. Оператор ее еле вытащил. Грязная вся, злющая. Даже «спасибо» ему не сказала. В общем, энергии много, мозгов ноль.

И так день за днем. Надо сказать, что у девушки образовалась небольшая, но стойкая группа фанов. Процентов пять зрителей. Наверно, такие же «эрноиды», как она. Но денег на Олесю ставили мало. Хуже нее в персональном то-

Креативщик

тализаторе котировался только мой повар. Однако полезную функцию я для этой паршивки все-таки нашел.

Есть такой термин «антагонист». Во всяком коллективе обязательно появляется кто-то, кого остальные терпеть не могут. Если это человек активный и агрессивный, то неприязнь к нему сплачивает и мобилизует всех остальных. Получается «Один против всех и все против одного». Нездóрово, но тоже имеет свои плюсы. Все недоразумения, возникающие внутри основной части группы, воспринимаются как несущественные. Негативные эмоции канализируются в одно русло».

«Чего они делают?»

«Концентрируются в одной точке. Это для команды очень полезно. Для шоу тоже получилось неплохо. Потому что Олеся без конца вляпывалась в какие-то нелепые ситуации, а это зрелищно и очень оживляет действие. Думаю, если бы передача шла не в прямом эфире, а по-нормальному, в виде дайджеста, у Олеси были бы все шансы стать звездой. Её идиотские приключения обязательно занимали почетное место в нарезке из топ-событий дня. Чего стоит одно её копание в гигантском муравейнике! Как она потом скакала по поляне, хлопая себя по разным местам! Умора! Даже рубашку с майкой сорвала. Впрочем, это она, наверное, сделала нарочно. Чтоб продемонстрировать бюст.

Вдруг, на восьмой день, рейтинг этой дурехи подскакивает до небес. На неё одну за два часа поставили больше денег, чем на всех остальных. Я слежу за мониторами, пытаюсь понять, в чем дело.

Вижу, Олеся лезет по какой-то скале, над рекой. Остальная группа там уже прошла, с другой стороны, низким берегом, всё осмотрела, ничего перспективного не обнаружила. А эта идиотка полезла по утесам, того и гляди шею свернет. Набрела на какую-то тропу. Идет по ней, головой, как заводная, вертит — у меня только в глазах мелькает. Оператор от неё здорово отстал. Менял аккумулятор, и, пока возился, Олеси след простыл. Режиссер дает ему указания, куда идти. Парень бежит, торопится. И споткнулся из-за спешки. Упал, ругается. Ногу подвернул, сильно. Кое-как захромал обратно.

Олеся всё дует по тропе. Рейтинг растет прямо на глазах. Неужели, думаю, она дуриком к кладу вышла? Если не найдет, завтра брошу на этот обрыв всю группу.

У меня за спиной телевизионщики собрались. Тоже наблюдают. Эге, думаю. Горячо! Они-то, в отличие от меня, знают, где тайник.

Девчонка остановилась. На экране какая-то не то щель, не то впадина. Олеся в нее полезла.

Ущелье. Три пещеры. Олеся остановилась, смотрит. Не знаю, что там в ее пустой голове щелкнуло, но почему-то пропускает две первые дыры, лезет в третью.

— Поздравляю, сэр, — говорит мне режиссер. — Сейчас эта мышка-норушка набашляет вам восемьдесят штук баксов.

И я понимаю: раз он это заявил вот так, в открытую, значит, дело в шляпе. Хотя и без режиссера по тотализатору видно. Зрители как с ума сошли. Почти все ставят на Олесю, а рейтинг «красных» вообще ноль.

— Клад в пещере? — спрашиваю. — Конец игры?
Режиссер мне:
— Не совсем. Но если дура не найдет, ваши ребята все равно завтра докопаются. Сто процентов.

И видеоинженеру:
— Сэм, включай в первой инфрареды».
«Чего-чего включай?» — спросила девочка.
«Он распорядился включить в первой, большой пещере установленные заранее инфракрасные камеры, для съемок в темноте. На экране при этом видны только голубоватые силуэты движущихся предметов. Можно дать приближение, фокусировку. Тогда видно некоторые детали... Картинка пещеры выглядела очень красиво, таинственно. Там поработали мастера своего дела. Олеся, ясное дело, не

Креативщик

знала, что ее снимают. Первое, что она сделала, извини, присела на корточки».

«Правда, что ли? И это показали? Улет!»

«Нет. Камера в это время дала панораму пещеры. Там в разных местах были установлены инфракрасные прожекторы, которые дают подсветку, невидимую человеческому глазу.

Ну, думаю, наша дура сейчас справит нужду, а потом вылезет наружу и пойдет себе дальше. С нее станется. Но я девушку недооценил. Мозгов у нее, может, было немного, но чутье фантастическое. Гляжу, снимает с пояса фонарик, начинает исследовать пещеру. Я позабыл всю свою неприязнь. Шепчу: «Давай, давай! Ищи! Горячо!» Победа совсем близко. Азарт бешеный! Не в призовой сумме даже дело. Хотя и в ней, конечно, тоже».

«И чего, нашла?! И вы на вашу долю у нас квартиру купили, да? Здорово!»

Креативщик протянул руку и, невзирая на темноту, очень точно щелкнул девочку по лбу.

«Не перебивай! «Квартиру купили». Это, по-твоему, кошмар? Нет, деточка. К кошмару мы еще только подбираемся... Я на секунду отвлекся от мониторов. Вдруг — жуткий вопль. Олеся, совершенно по-детски, без всякой ненормативной лексики, орет: «Мамочка! Что это?!»

Луч ее фонарика светит куда-то вниз, прыгает.

Там на земле лежит страшное. Человеческие останки. Я как увидел пустые глазницы, ощеренные зубы — сам содрогнулся.

А вокруг хохот. Вся съемочная группа ржет — пополам складывается.

Видеоинженер мне со смехом объясняет, что у них там по сценарию лежит скелет, который в левой руке держит отрубленную правую.

Олеся тоже сообразила, что к чему. Не такая уж, выходит, дура.

— Козлы! — говорит. — Ничего я не испугалась! — И дальше соображает. — Ага! Раз трупак подложили, значит, тут где-то! Йес! Я круче всех!

И давай во все стороны фонариком светить.

Вдруг режиссер говорит:

— Ребята, чего-то я не понял. Девчонка находится в правой части пещеры, так? А скелет бутафорский должен быть слева, возле каменных глыб. — Зовет помощника, который киноновеллу снимал. — Стас! Вы что, перепутали? Не туда Семенчука положили?

Помощник ему:

— Ничего мы не перепутали. Сам клал.

Он, между прочим, один из всех не смеялся.

— И вообще, — говорит, — это не наш скелет. Наш чистый, одни кости, а это какой-то труп обглоданный. Восемь дней назад, когда мы заканчивали аппаратуру устанавливать, не было в правой половине ничего такого...

Стало у нас в аппаратной тихо.

И тут кто-то ахнул:

— Глядите, там еще человек!

Точно! За силуэтом Олеси вдруг возникает голубоватая тень. Полусогнутая, крадущаяся.

Все сгрудились у монитора.

— Кто это? Там никого не может быть!

Места вокруг действительно глухие. До ближайшего поселка 200 километров.

Режиссер шипит:

— Камеру на фокус! Ближе, ближе!

Дают второго человека, максимально крупный план. Лица не разглядеть, но видно, что мужчина. Волосы ежиком, вместо глаз два мерцающих пятна. Это обычный эффект инфракрасной съемки, но впечатление — мороз по коже.

— Что это у него? Опусти!

Мужчина в чем-то темном, но слева на груди белый прямоугольник. И там какие-то буквы и цифры.

Креативщик

Я, как дурак, спрашиваю:

— Это у него лейбл?

А режиссер хвать ассистента за грудки.

— Звони по спутнику в область! Управление внутренних дел мне! Живо!

Тот:

— Я номер не знаю.

— Узнай!

Он один из нас из всех не растерялся. Режиссер есть режиссер.

Связался с хромым оператором, пока ассистент дозванивался. Давай, говорит, Коля, хромай обратно к утесам. Ты ближе всех. Объяснил, в чем дело и как найти пещеру.

— Внутрь не лезь. Оставайся снаружи и ори погромче, зови ее!

Еще отправил группу из шести человек, через тайгу, по короткому маршруту.

Я в это время следил за тем, что происходит в пещере. Олеся бродит по ней туда-сюда. Тень притаилась в углу, смотрит. Одна из камер все время направлена на неизвестного. Видно, как он рукавом вытирает нос. Иногда немного перемещается. И все время поворачивается вслед за лучом фонаря.

Слышу, как режиссер начинает разговаривать с дежурным милиционером.

От первого же вопроса у меня мурашки по коже.

— У вас в розыске беглые зеки есть?

Ему отвечают, что нет. Он немного успокоился, потом спрашивает: а по соседним областям?

— Хорошо, — говорит. — Жду.

Через пару минут выясняется, что из лагеря особого режима в соседней области еще месяц назад совершили побег двое заключенных. Один особо опасный, другой — молодой парнишка, сидящий за убийство, но не рецидивист, а так называемый «первоходный».

Правда, дежурный сказал, что это не могут быть они. 400 километров по глухой тайге без продуктов, без снаряжения они бы не прошли. Наверняка сгинули где-нибудь. С голода подохли.

Режиссер дальше его слушать не стал, отключился.

Смотрит на нас, белый весь. Никогда его таким не видел. Коротко передал разговор с дежурным.

— Почему вы не рассказали ему про труп? — спрашиваю.

— Некогда. И так ясно. Особо опасный парнишку в качестве «коровы» с собой взял».

Девочка прервала рассказ вопросом:

«Как это?»

«Есть в уголовном мире такая страшная традиция. Какой-нибудь, как теперь говорят, отморозок затевает побег из далекой таежной зоны и зовет с собой глупенького, наивного напарника. Главное при побеге — затаиться и переждать в схроне, пока у преследователей пыл не утихнет. На это может уйти несколько недель. Когда кончается еда, уголовник убивает «корову» и питается ее мясом».

«Жесть!»

«Да, поверить в такое было трудно. Мы все зашумели, стали перебивать друг друга. Кто соглашается, кто сомневается. Навели камеру на то место, где Олеся нашла труп. Теперь видим отчетливо: голое тело, с которого срезаны все мясистые части. Меня чуть не вырвало... Ты меня слушаешь?»

«Ага. Меня сейчас саму вырвет».

«Может, не рассказывать? Дальше еще страшней».

Помолчав, девочка сказала:

«Нет уж. Рассказывайте».

«Любопытство в тебе сильнее страха. Это уже неплохо... Пока мы спорили, пока возились с камерой, режиссер времени не терял. Вызвал милиционеров — у нас там было несколько ребят из вневедомственной охраны, так положено. Связался с пилотом съемочного вертолета. Объяснил, куда лететь.

Креативщик

Ситуация получалась такая.

Олеся всё рыщет по пещере. Хочет, дура, разбогатеть. В десяти-пятнадцати метрах от нее засел убийца-людоед. Не торопится. Наверно, не возьмет в толк, что за баба, зачем тут шастает и, главное, одна она или нет.

Оператор от пещеры примерно в километре, еле ковыляет на одной ноге. Раньше чем через полчаса до ущелья не доберется. Шесть человек бегут через лес, им надо преодолеть 11 километров. Это часа полтора. Вертолету до места лететь пять минут, но там как назло что-то с двигателем. Никак взлететь не может.

Короче говоря, всё паршиво.

Наши из съемочной группы пытаются понять, как это могло получиться. На прошлой неделе они никакого зека в пещере не видели. Скорей всего, он заявился позже. И корову свою притащил. Аппаратура там хорошо замаскирована, заметить ее он не мог.

Наверное, всё так и произошло, но сейчас это было неважно. Только одно имело значение: успеют ли наши добраться до пещеры, прежде чем людоед нападет на Олесю...»

«И чего они, успели?» — нервно спросила девочка.

«Тебе ответить одним словом: "да" или "нет"? — Креативщик разозлился. — Господи, ну и молодежь растет! Мало того что двух слов грамотно связать не могут, еще и слушать не умеют! Главное, было бы нам куда спешить! Все равно ведь сидим в этом идиотском ящике!»

«Ладно, чего вы наезжаете. Вы только скажите, жива она осталась или нет. А потом рассказывайте».

«Фигу с маслом. Это я нарочно на понятном тебе языке отвечаю. Слушай, как рассказывают, или я умолкаю».

«О'кей, о'кей, поняла. Давайте дальше».

Сердито попыхтев, старик продолжил:

«Может, всё и обошлось бы, потому что, как я уже сказал, рецидивист не спешил набрасываться на девушку. Но тут наша неугомонная Олеся нашла проход в маленькую пещеру. Сунулась за груду камней, а там пробит лаз. Она, не долго думая, на локти-коленки (рост-то у нее за метр восемьдесят) — и вперед.

— Там клад? — спрашиваю.

Режиссер тоскливо отвечает:

— Клад, клад. Теперь она в бутылке. Не выберется... Похоже, конец девчонке.

Видим, бандит тоже ползет в дыру. Когда он опустился на четвереньки, то стал похож на светящегося волка-оборотня.

— Давай «Сокровищницу», — шепчет режиссер видеоинженеру.

Мы все вдруг непроизвольно перешли на шепот. Как будто убийца мог нас услышать.

Включили инфрареды во второй пещере. Она крошечная, примерно пять на пять метров. По стенам маскировочные панели, за ними понатыкано аппаратуры. Видно гораздо лучше, чем в большой пещере. Можно разглядеть не только силуэты, но и детали, лица. Смотришь на мониторы и диву даешься: как это Олеся не видит ящика со слитками? Как не замечает, что буквально в трех шагах из дыры на нее пялится человек?

У людоеда глаза широко-широко раскрыты, не мигают. Рожа вся заросла черной щетиной. Рот разинут, блестят зубы.

А помощи ждать неоткуда. Оператор колупается по тропинке, ему до пещеры далеко. Группа не добежала и до середины. Вертолет чихает, но не взлетает.

— Я вам говорил, — шипит на режиссера наш спец по эффектам. — Давайте, говорил, спрячем там цветомузыкальную установку, фейерверк. Чтоб врубить, когда искатель находит клад. Сейчас нажал бы кнопку, там такой Диснейленд бы заколбасился. А вы: «Дешевка! Старо! В голом инфрареде стильней получится». Вот и получилось стильней. Зек с перепугу дунул бы из пещеры, и девчонка бы спаслась, а так...

— Не каркай! — накинулись мы на парня.

Креативщик

Только тут каркай не каркай, а дело шло к развязке.

Через минуту Олеся довертелась-таки до ящика, осветила его фонарем. Золото сверкает в луче. Визжит, идиотка, пляшет.

— Йес! Я сделала это! Я звезда! Олеська, ты круче всех! Съели, козлы?

И палец во все стороны тычет выставленный. Понимает, что вокруг скрытые камеры.

А из черного прямоугольника уже лезет убийца. Видит золотые слитки. Черным языком облизывает губы.

Наша попрыгунья скакала-скакала, да и наткнулась на него спиной.

В мониторной все застонали, а я, честно тебе признаюсь, вскрикнул.

Мужчина взял Олесю за плечо.

— Ты что тут, одна, что ли? А с кем базаришь?

Она руку оттолкнула, ощерилась вся.

— Одна, одна! Не лезь! Я сама нашла! Первая! Все видели!

Тычет рукой на стены. И я понимаю: она приняла зека за искателя из команды «красных». Поэтому и не испугалась.

Он у нее из руки фонарь:

— А ну дай.

Посветил на золото. Бух на колени и давай его щупать.

— Блин, рыжее! Много! Клад, что ли? В натуре клад!

Олеся на него сзади налетела, оттаскивает.

— Урод! Пихается еще! Я тебе щас натяну глаз на...

Бандит, не оборачиваясь, двинул ее локтем в живот. Она согнулась пополам, вдохнуть не может. Только теперь поняла: что-то не так.

Хрипит:

— Ты кто?

— Конь в пальто. Это видала?

И посветил себе на белый прямоугольник, что пришит у него на груди.

Анна Борисова

— Чего, по сценарию так положено? — спросила Олеся, но голосок дрожит.

По сценарию локтем в солнечное сплетение вряд ли станут бить, даже ей понятно.

А людоед на нее не смотрит, жадно выхватывает слитки из ящика.

— Золото! — кричит. — Сдохнуть, золото!

Мы все, как заведенные, шепчем: «Беги, дура! Беги!»

И она вроде бы даже начала пятиться. Но зек, не оглядываясь, схватил ее за полу куртки.

— Стоять! Убью.

Она — за пояс. У нее там, рядом с фляжкой, аптечкой, запасным фонариком, складной нож в чехле. Стандартное снаряжение, у каждого искателя одинаковое.

Рецидивист снова, глаза у него, что ли, на затылке, ее как дернет — она на землю упала. Он отобрал нож, раскрыл лезвие, потрогал пальцем, острое ли.

Здесь Олесе, наконец, стало по-настоящему страшно.

— Ребята! — кричит. — Помогите! Спасите! Он меня зарежет!

У нас тихо, только комары звенят.

— Всё, — сказал режиссер. — Кранты. Запись идет?

Это он уже перестроился. Раз нельзя спасти, будет сенсационная видеозапись. Мне от такого профессионализма стало еще страшней, чем от картинки на мониторе... Ты что затихла?»

«Слушаю», — тихонько прошептала девочка.

«Олеся на земле сидит, сжалась вся, а бандит то на золото фонарем светит, то на нее. И приговаривает:

— Ну жизнь, ну кошка полосатая. То наждаком по рылу, то на тебе: и Гагра, и виагра».

«Чего?» — переспросила девочка.

«Поговорка такая. В смысле разом и богатство, и красивая женщина. «Гагра» это раньше такой курорт был, по прежним временам считался шикарным. Ну, а «виагра» — лекарство, для... как тебе объяснить...»

Креативщик

«Знаю я, для чего оно».

«Да?»

«Вы чего? Пятиклашки, и те знают. И чего, он стал ее насиловать?»

«...Я не хотел про это, но дети теперь такие... информированные. Да, он сказал ей буквально следующее:

— Выбирай, лялька. Или я тебя сначала грохну, а потом... Нет, буквально не получится».

«Ладно вам. "Сначала грохну, потом трахну" или "Сначала трахну, потом грохну". Нормальное слово, меня папа с мамой за него даже не ругают. А она чего?»

Креативщик закашлялся, повздыхал.

«Ну, в общем, примерно так людоед ей и сказал. Режиссер как закричит:

— Соглашайся! Пока он тебя трахать будет, вертолет взлетит, ребята подоспеют! Не будь идиоткой!

Уж не знаю, что у него в голове было: ее спасение или уникальная съемка. Видимо, полное совпадение приятного с полезным.

Олеся будто услышала. Перестала кричать. Трясется вся, губы прыгают, но сказала звонко:

— Ты меня не грохнешь. Я знаешь какая? Ты таких классных девушек в своей паршивой жизни не видал. Реально улетишь. Гарантирую.

Знаешь, что меня больше всего поразило? Что у нее в этот миг глаза были широко-широко открыты».

«Ну и что?»

«А то. Чувство страха испытывают все люди. Но делятся при этом на две категории. Вот ты, когда лифт застрял, первым делом что сделала?»

«Заорала».

«Нет. Ты зажмурилась и боялась глаза открыть. Случилось самое ужасное, чего ты больше всего боялась, — и ты зажмурилась. А есть люди, которые от ужаса открывают глаза как можно шире. Только так и надо себя вести в минуту страшной опасности».

«Я же ненарочно. Они сами зажмурились».

«Правильно. Они зажмурились, а ты заставь их разжмуриться обратно. Потом набери полную грудь воздуха. И страх отступит. Бывают в жизни ситуации, когда середки нет: или страх тебя победит, или ты его. Будешь держать глаза закрытыми — считай, пропала. Особенно, если помощи ждать неоткуда. Ты про это всегда помни».

«Ладно, буду помнить. Вы дальше рассказывайте».

«Лицо Олеси было хорошо видно. Я просто физически чувствовал, как она выдавливает из себя страх. Извилин в мозгу у нее, может, было и немного, но сила воли и характер ого-го какие. Поняла, что кроме как на саму себя надеяться не на кого, и вся мобилизовалась. Когда человек в минуту стресса сумел повернуть свой страх в другую сторону, он становится самым опасным существом на свете. Знаешь, и воробьиха, защищая птенца, может отогнать кошку. Вот тебе и эрноид с «фабрики звезд».

Удивительно, но болван-уголовник этой перемены не почуял. Наоборот, расслабился.

— Валяй, — говорит. — Старайся. Покажи класс. Может, я тебя и не грохну. Может, в невесты возьму. С таким приданым — не вопрос.

Я стою, будто окаменел. Не могу отвести глаз от лица Олеси. А режиссер все бубнит в рацию:

— Взлетели, наконец? Уже над ущельем? Спускайтесь, спускайтесь! Но в пещеру без моей команды не соваться!

Олеся тем временем эротический танец изображает. Крутит бедрами, водит по себе руками. Насмотрелась пошлости по телевизору. Старается, как может.

— Идет запись, идет? — волнуется режиссер. И милиционерам: — Готовы? Минут через десять–пятнадцать, не раньше. По моей команде. Пусть он в раж войдет. Тогда его взять будет легче.

Я на него кидаюсь.

— Вы что?! С ума сошли?

Креативщик

У парня глаза безумные.

— Не мешайте! Такого реалити-шоу еще не бывало! А от девчонки не убудет. Она у себя в Барнауле, или откуда она, всякое повидала.

Не знаю, прав он тут был или нет, но Олеся такой ценой спасать себе жизнь не пожелала.

Один из ассистентов вдруг говорит:

— Глядите! — и показывает на монитор, где девушку видно со спины. — Что это она делает?

Я тебе уже говорил, что в снаряжение искателя среди прочего входит второй фонарик. На случай если большой разобьется.

Левой рукой Олеся водит у себя по животу, по груди, а правую завела за спину, вроде как в истоме. И шарит по ремню.

Вынимает из чехла фонарик.

Мы не возьмем в толк, что это она удумала. По голове, что ли, хочет ударить? Но фонарик легкий, из пластика.

Вдруг Олеся берет его левой рукой за шею, притягивает к себе.

— Смотри сюда...

Той же рукой оттягивает на груди майку. А когда он наклонился, быстро вынула из-за спины правую руку, щелкнула кнопкой — и лучом ему прямо в глаза. Представляешь? Он, конечно, ослеп, зажмурился, а она...»

Вдруг в кабине вспыхнуло электричество, и креативщик сам зажмурился.

Лифт качнулся, скрежетнул, пополз вниз.

«Уррааа!» — завопила девочка и даже подпрыгнула от радости, чего делать не следовало.

Лифт содрогнулся и снова встал.

«Ну вот, придется досказывать при свете. — Старик, казалось, был разочарован. — Осталось совсем немного. Только развязка. Довольно неожиданная».

«Тетенька! Мы снова застряли!», — не слушая, отчаянно закричала девочка.

Кабина качнулась. Поехала.

На первом этаже школьница с визгом выскочила. Зажав под мышкой портфель, бросилась к выходу.

«А как же развязка?» — в панике спросил старик.

Она обернулась.

«У нас на втором уроке по английскому контрольная. Я к вам потом зайду, можно? Доскажете. 76-я, я запомнила!»

И унеслась, только дверью хлопнула.

«Контрольная по английскому — это, конечно, дело серьезное...» Креативщик будто сам себя утешал. Но вид у него был кислый.

Из парадной он вышел вялой походкой, опираясь на трость.

Прищурился от солнца. Посмотрел на часы.

9:20

В застрявшем лифте старичок проторчал целый час, однако, судя по неторопливости, с которой он осматривал двор, спешить ему было совершенно некуда.

Во дворе было пусто. Все, кто рано встает, разошлись или разъехались, кто на работу, кто на учебу, кто по магазинам. На скамейке у парадной сидела одинокая старушка. На нее-то говорливый обитатель 76-й квартиры и уставился.

Она тоже смотрела на него с любопытством. Делать бабушке было нечего, а тут незнакомый человек. Притом необычный — со старинной тростью.

«Доброе утро», — чуть поклонился он.

Она охотно поздоровалась и спросила:

«Мы разве знакомы? Не припомню что-то».

«Нет, не знакомы. Но я подумал, что раз вы тут сидите, то наверняка живете в этом доме. Значит, соседи».

Креативщик

«Я-то живу, а вот вас в первый раз вижу. Вы с какого этажа?»

«С девятого. Из 76-й».

«Это где Валентина Сергеевна жила? Вы родственник ее? По завещанию квартиру получили? Или очередник?»

«Пожалуй, очередник, — немного подумав, ответил он. — Да, вот именно. Очередник. Вы позволите присесть? Ноги с утра не держат».

«Меня тоже. — Она засмеялась. — Но все-таки лучше, чем вечером».

«Да? А меня вечером встретите — не узнаете. Как заново родился. — Он сел. — Всю жизнь сова. Медленно просыпаюсь, с трудом засыпаю».

Старуха собеседнику обрадовалась. Она вообще была легкая, веселая, с живыми, молодыми глазами.

«Я когда-то была заводная, по несколько суток могла не ложиться. Утром жаворонок, ночью сова, спать скучно и некогда. Теперь тоже почти не сплю, но ложиться ложусь. Не поднимете».

Она снова рассмеялась, и он тоже улыбнулся.

Друг на дружку они смотрели с удовольствием, предвкушая неторопливый, аппетитный разговор.

Помолчали.

Начала дама.

«Всю жизнь смотрела, как старухи у парадной сидят, ужасалась. Думала, если выпадет одинокая старость, лучше дома буду киснуть, в стенку глядеть. Как бы не так. На стенку долго смотреть — одно грустное видишь. Лучше уж тут, где люди ходят».

«Понимаю вас. "Всюду жизнь". Художник Ярошенко».

«Что?»

«Помните картину? Ярошенко, передвижника? Как арестанты смотрят из-за решетки на беззаботных птичек?»

«А, да. Правда, похоже. Это не про арестантов картина, а про старость. Очень верно подмечено. — Старушка одобрительно покивала. — Старость, как клетка. Сидишь в ней, смотришь на беззаботных птичек. Причем сидишь все время одна. Вы замечаете, что бабушки теперь на скамейках у парадных не сидят, как раньше? Перемерли все, что ли».

«Телевизор смотрят. Дневные сериалы», — со знанием дела пояснил старик.

«А я телевизор не смотрю. Всё не про меня и не для меня. То же самое ощущение — будто из-за решетки за чужой жизнью подглядываешь. А со старушками я бы поговорила. С людьми из своего времени интересней».

«И они умеют слушать! — горячо подхватил старик, должно быть, вспомнив девочку из лифта. — В старости что обидней всего? Человек прожил жизнь, набрался и опыта, и ума. Есть что людям сказать, есть, чем помочь. А не слушает никто. Мудрость из тебя, можно сказать, так и льется. Но никому она не нужна».

Первая тема была исчерпана. Собеседники послушали друг друга, произвели предварительную разведку, и, кажется, оба остались довольны.

Старушка мечтательно произнесла:

«Сегодня 25 мая. Последний звонок... Утром одиннадцатиклассницы пошли в школу такие нарядные, взволнованные. Такие милые! И на меня нахлынуло, нахлынуло... В мои времена традиции отмечать последний звонок еще не было. Но мне вспомнился выпускной бал. Он тогда не «бал» назывался, а «выпускной вечер». Обучение после войны, как вы помните, было раздельное. Здание одно и директор один, а школы две. В утреннюю смену — девочки, в вечернюю — мальчики. В переходном возрасте такое сочетание близости и отдаленности очень волнует. Находишь в парте записочку. Признание в любви. И думаешь: кто написал? Тот или, быть может, вон тот? Могли ведь общаться без записочек, во дворе или на улице. Жили-то все рядом. Но так было интересней. На бумаге подростки смелей, чем при живом общении. Опять же таинственность, романтичность. В 17 лет это так важно! Сейчас они чуть не с восьмого класса, извините, живут половой жизнью. И не осталось тайны, голова не кружится. Одна голая физиология».

«Давайте не будем осуждать молодежь. Это скучно и даже пошло», — сказал старик, смягчив слова шутливым тоном и улыбкой.

Собеседница не обиделась, а тоже улыбнулась.

«Да я не осуждаю. К «голой физиологии» всю жизнь хорошо относилась, ханжить не стану. Сейчас трудно поверить, но в юности я красивая была. Очень красивая. На выпускном вечере, который я тут вспоминала, мне от кавалеров отбоя не было. Выражаясь по-нынешнему, я была настоящая «королева бала». Представляете, в меня были влюблены три мальчика. Очень славные, каждый по-своему. И очень разные. А звали их одинаково. И все трое в тот вечер признались мне в любви. Я была дурочка молоденькая. Мне и самой ужасно хотелось влюбиться. Только не знала, в которого. Кто меня за руку держал, в того и была влюблена. Сердце замирало... Что вы смотрите? Думаете, фантазирую? Честное слово, получила за одну ночь три предложения любви до гроба. Не верите?»

Вид у старика был скорее испуганный, чем недоверчивый.

«Невероятно... — прошептал он. — Этого не может быть...»

«Что невероятно? Почему не может быть?»

Она спустила с носа очки. В ее лице что-то дрогнуло.

«Мы точно не встречались? Вы какую школу кончали?»

Он замахал рукой.

«Нет-нет. Я на вашем выпускном вечере не был и в любви вам не признавался. Невероятно другое... Понимаете, я драматург. Пьесы сочиняю».

«Правда? А как ваша фамилия?»

«Вы вряд ли слышали».

Анна Борисова

«Зря вы так. Я обожаю театр! Раньше не пропускала ни одной премьеры. Товстоногова обожала! А еще больше Владимирова. Вы любили Владимирова?»

«Не очень... И потом, видите ли, я не совсем обычный драматург. Я пишу не для профессиональных театров, а для любительских. Это особый жанр драматургии. Называется «натуральный перформанс». На Западе это направление театра довольно хорошо развито, у нас пока не очень. Здесь принципиально, что играют не актеры, а обычные люди. Пускай неуклюже, даже фальшиво, зато волнуются по-настоящему. И от этого возникает ощущение неповторимости, искренности, подлинности. Иногда — если настроение правильное. А в следующий раз тот же самый спектакль может выйти чудовищно. В том и прелесть «натурального перформанса». Всё на живую нитку. Стоп, стоп! — Он покаянно опустил голову. — Это я сел на любимого конька. Могу говорить на эту тему часами».

«Ну и говорите. Очень интересно».

«Интересно то, что вы мне рассказали. — Драматург в волнении всплеснул руками. — Именно мне! И именно сейчас! Я объясню... Я только что сочинил пьесу. Для студенческого театрального фестиваля в Торонто. Тема фестиваля — «Перечитывая Чехова». Интерпретации чеховских произведений, римейки, вариации и все такое прочее. Хороший челлендж для постановщиков и драматургов. Я выбрал один рассказ...»

«Я всегда обожала Чехова!»

Старик слегка порозовел, опустил глаза.

«А хотите... Хотите, я вам прочитаю свою пьесу? Не всю, конечно. С пропусками, — добавил он поспешно. — Знаете, когда что-то написал, только об этом и думаешь. Пристаешь ко всем... Вы со мной не церемоньтесь. Не хотите — так и скажите».

«Ах что вы! Считайте, что в моем лице вы нашли идеальную слушательницу. Могу тут сидеть хоть до пяти часов вечера».

Креативщик

«Почему до пяти? Вы обедаете в пять?»

«Обедать мне необязательно. Все равно аппетита нет. В пять я принимаю свои лекарства. Пропускать нельзя».

«Так долго я вас не продержу. Пьеса небольшая. Там три акта, но они коротенькие. Это формат, который задали устроители фестиваля — в пределах одного часа сценического времени. Правда, послушаете?»

«С огромным удовольствием. Подумать только, драматург будет читать мне свою пьесу!»

Старичок совершенно оправился от смущения. Он достал электронную записную книжку, потыкал в кнопочки и с загадочным видом пообещал:

«Вас ждет сюрприз. Удивитесь не меньше, чем только что удивился я. А то и больше. Знаете, как называется пьеса? «Выпускной вечер». Это совпадение номер один».

«Да что вы!»

«Погодите, погодите. Действующие лица: Она и три юноши с одинаковым именем: Борис-первый, Борис-второй, Борис-третий».

Старая женщина открыла рот, но ничего не сказала. Вскинула руку, прижала пальцы к губам. Она была потрясена.

«Действие происходит в конце сороковых. Закат сталинской эпохи. Начинается борьба с «космополитами», диктатор стареет и впадает в маразм. Советская империя тяготеет к монументальности. Но это не более чем антураж, проявляющийся в декорациях и некоторых деталях. Моя пьеса не про политику, а про счастье и про одиночество. Про школу жизни и неизбежный выпускной вечер...»

«Вы не пересказывайте, вы читайте».

Драматург глубоко вздохнул, посмотрел на дисплей, но все-таки счел необходимым сделать еще несколько предварительных пояснений.

Анна Борисова

9:45

«Там нужно, чтоб зал был устроен по-особенному. Это принципиально. Сцена имеет вид буквы П. Это помост, расположенный по трем стенам и разделенный на три отсека. У каждого свой занавес. То есть получается как бы три сцены. На две боковые зритель сначала не обращает внимания, потому что они завешены. К тому же освещение в зале минимальное. Сияет только центральная сцена. Это рекреация перед школьным актовым залом. Видно плоскую колонну в стиле сталинского ампира. По бокам две пальмы в кадках. Три огромных портрета: Маркс, Ленин и Иосиф Виссарионович. Красные транспаранты с надписями «Молодым везде у нас дорога», «Путевка в жизнь», «Мы наш, мы новый мир построим». Звучит «Школьный вальс» Дунаевского».

«Эта песня появилась позднее, — заметила старуха. — Я сама заканчивала в сорок восьмом. Тогда «Школьный вальс» еще не исполняли. Хотя неважно. Кто в Торонто это знает?»

«Не скажите. — Драматург сделал пометку. — В таких аудиториях минимум половина зала русские, многие из старшего поколения. Они к подобным вещам очень требовательны... Ценное замечание. Спасибо, исправлю.

В общем, смысл вам понятен. Пока зрители рассаживаются, в зале сумрак и скучное шарканье. Праздничный свет, яркие цвета и музыка сосредоточены на сцене. Слышится гул голосов, молодых голосов. Взрывы радостного смеха. Потом мужской голос начинает произносить речь. Сначала она неразборчива. Потом звук усиливается. Уже можно разобрать слова, но для этого приходится напрягать слух. В зале постепенно делается тише.

Становится понятно, что выступает директор школы. Такая смесь казенной советской риторики и житейского здравого смысла.

Креативщик

ГОЛОС ДИРЕКТОРА: «...широкий и светлый путь, на котором невозможно заблудиться, потому что его озаряет мудрость нашей партии и ее вождя, великого Сталина».

Взрыв аплодисментов, многократно усиленный динамиками. Зрители должны вздрогнуть от удара по перепонкам. Помните, как тогда хлопали? Бурно, громко, яростно, в каком-то невероятно ускоренном темпе.

ГОЛОС ДИРЕКТОРА: «Идите по этому пути, не сворачивая, не оглядываясь, не спотыкаясь. Я желаю каждому из вас счастья. В дальнейшей учебе, в труде, в семейной жизни. Помните, что ваша судьба неотрывно связана с судьбой великой страны, в которой вам повезло родиться и вырасти. И еще помните. Вы только что сдали выпускные экзамены, кто лучше, кто хуже. Но не думайте, что это были последние экзамены. Настоящее учение, учение жизнью, теперь только начинается. Главные экзамены у вас впереди. Сдавайте их честно, без шпаргалок и ловкачества. Тут если кого и обманешь, то лишь самого себя. Помните об этом. Главное — будьте честными. Будете?»

КРИКИ: Будем! Будем!

ГОЛОС ДИРЕКТОРА: Молодцы. На этом заканчиваю. Представляю, как вам надоело меня слушать, за десять-то лет.

СМЕХ, КРИКИ: Есть малость! ...Нет, не надоело!

ГОЛОС ДИРЕКТОРА: Даю дорогу молодым. Боря Железнов, золотой наш медалист. Выйди, расскажи товарищам, как планируешь жизнь прожить.

В середине директорского выступления дверь, расположенная в глубине сцены, приоткрывается. Оттуда выскальзывает Она, прикрывает створку.

Это очень красивая девушка, которой к лицу даже скромное платьице. Знаете, у всякой девушки бывает в жизни вечер, когда она чувствует себя неотразимой красавицей. Все правильно, все к месту, все в нее влюблены, и она ощущает себя сказочной принцессой. Будь то первый бал Наташи Ростовой или выпускной вечер в сталинской десятилетке — это ничего не меняет. Для актрисы тут важнее всего не лицо (в театре оно вообще большого значения не имеет), а голос, пластика. Чтоб все мужчины в зале замерли от восхищения, а женщины от зависти.

Девушка выходит вперед, прижимает к груди записку. Глаза блестят, губы приоткрыты. Справа из-за пальмы выглядывает Борис-первый. Он там стоял с самого начала, но в тени его было не видно.

Это коренастый паренек с непослушным чубом. Одет он очень просто: широкие брюки, белая рубашка. Стоит в стороне, любуется Девушкой.

Тем временем из приоткрытой двери доносится голос Медалиста.

МЕДАЛИСТ: Товарищи! Дорогие мои товарищи! Я своими словами не буду. Я стих прочту. Лучше, чем поэт, все равно не скажешь. Илья Сельвинский. «Баллада о ленинизме».

В скверике, на море,
Там, где вокзал,
Бронзой на мраморе
Ленин стоял.
Вытянув правую
Руку вперед,
В даль величавую
Звал он народ...

Начинает читать стихотворение Сельвинского про политрука. Ну, как фашисты свалили с постамента памятник, привели вешать молодого политрука. А он встал перед казнью в ту же позу: по-ленински протянул руку вперед. Стихотворение довольно длинное, Медалист читает с выражением и паузами. Тогда, если помните, в публичных выступлениях вообще никто никуда не торопился. Когда дверь закроют плотнее, декламации будет почти не слышно. Но иногда Медалист повышает голос, и тогда стихотворные строчки врываются в диалог.

БОРИС-ПЕРВЫЙ (выходит из укрытия и прикрывает дверь): Чего так долго? Думал, не выйдешь.

ДЕВУШКА (оборачивается): Борька? Напугал... Неудобно было, пока Семен Семенович выступал. (Кокетливо.) Что за срочность такая? (Разворачивает записку.) «Надо поговорить про важное. Если не выдешь, прощай навсегда». Не «выдешь», а «выйдешь». Троечник. Так и не научился без ошибок писать.

БОРИС-ПЕРВЫЙ: Мне без надобности. Я на комбинат работать пойду. Учеником сварщика. Договорился уже.

ДЕВУШКА: Давай, говори про важное. Видишь, я вышла?

Пауза. Борис-первый собирается с духом.

ГОЛОС МЕДАЛИСТА:

> *Был он молоденький —*
> *Двадцать всего.*
> *Штатский в котике*
> *Выдал его.*

ДЕВУШКА: Ну? Ты робеешь, что ли? Борька, ты же храбрый. Как ты за меня на катке заступился! Один против троих.

БОРИС-ПЕРВЫЙ: Подумаешь. Это совсем другое. Синяки на морде быстро заживают. А сердце треснет, потом не склеится.

ДЕВУШКА: Ты, Борька, поэт. Не хуже Сельвинского.

БОРИС-ПЕРВЫЙ: Я не поэт. Ты меня сейчас не подкалывай, ладно? Я готовился. Я скажу. Ты не перебивай. А то собьюсь.

ДЕВУШКА: Я не буду перебивать.

БОРИС: Щас...

Поднимает сжатую в кулак руку, трясет ею. Никак не может начать.

Анна Борисова

ГОЛОС МЕДАЛИСТА:

*Этим движением
От плеча,
Милым видением
Ильича
Смертник молоденький
В этот миг
Кровною родинкой
К душам проник...*

ДЕВУШКА: Да говори ты. Не тяни.

БОРИС-ПЕРВЫЙ: Ну, я тебя люблю и всё такое. Вот. Сама знаешь. Не дура.

ДЕВУШКА: Признание красивое. Только короткое. Ты развивай тему, не останавливайся.

БОРИС-ПЕРВЫЙ: Тебе со мной хорошо будет. Честно. Я сдохну, но всё для тебя сделаю. Я зарабатывать буду. Сварщики знаешь, сколько заколачивают? А я потом еще на высотника выучусь. Это вообще. Всё у нас будет. Комната хорошая, гардероб, шифоньер. Что захочешь, то и будет. Пить не буду. Ни грамма. Ты на батьку моего не гляди. Зачем мне пить, если ты со мной? Всю получку отдавать стану. Ты не улыбайся! Я, может, не так говорю. Не про то. Я же не про получку хотел. Я тебя никогда не предам и не продам. Ты это знай. И ни на кого не променяю. Ни на какую Целиковскую.

ДЕВУШКА: Даже на Целиковскую? Ну, это ты, Борька, врешь.

БОРИС-ПЕРВЫЙ: Я вру? Я тебе никогда не вру. И не буду врать. Я... хочешь, я Лениным поклянусь? (Показывает на портрет.) Честное ленинское!

ГОЛОС МЕДАЛИСТА:

*...ладонь его
Тянется ввысь —
Бронзовой лепкою,*

Креативщик

*Назло зверью,
Ясною, крепкою
Верой в зарю!*

Вот как я собираюсь прожить свою жизнь, дорогие мои товарищи!

Раздаются громкие аплодисменты.

Борис-первый в это время что-то говорит, но из-за шума его не слышно.

ДЕВУШКА: Что?

БОРИС-ПЕРВЫЙ: Молодая ты очень. Я понимаю. Я тоже, конечно, молодой, но мне уже все ясно. А тебе еще нет. Я тебя, Люсь, не тороплю. Я ждать буду. Сколько надо.

Машет рукой, порывисто поворачивается, выходит».

«Её зовут Люся?!» — перебила чтеца старуха.

«Да, Людмила. А что?»

«Ничего... Продолжайте. Пожалуйста, продолжайте!»

«Снова открывается дверь. Выходит Борис-второй. Высокий красивый парень. Габардиновый костюм, рубашка с отложным воротником. Комсомольский значок на лацкане. Стрижка полубокс. В зале директорский голос бубнит что-то бодрое, но слов не разобрать. Время от времени звучат рукоплесканья.

БОРИС-ВТОРОЙ: Нарочно из зала вышла? Чтоб я не задавался? Зря. Я перед тобой никогда не задаюсь. Письмо мое прочла?

ДЕВУШКА: Прочла.

БОРИС-ВТОРОЙ: Там всё правда. До последней буковки. Чтобы добиться всего, чего хочешь, нужна правильная спутница жизни. Ты — правильная. Я с тобой горы переверну. Железно.

ДЕВУШКА: А чего ты хочешь добиться?

БОРИС-ВТОРОЙ: Я же сказал: всего. Держись за меня, Людмила. Не прогадаешь.

ДЕВУШКА: «Не прогадаешь». А писал про любовь. Красиво. «Будет любовь или нет? Какая — большая или крошечная?»

БОРИС-ВТОРОЙ: Это Маяковский. Про высокие вещи лучше поэтов никто не скажет. Каждый должен заниматься своим делом. Я человек практический, поэтому я скажу прозой. Знаешь, Людмила, есть люди, которых меняет жизнь. А есть люди, которые сами ее меняют. Вот и я такой. Я только с тобой откровенно говорю. Чужой кто послушает — засмеется. Скажет, мальчишка, фантазер. А я не фантазер. Как решил, так и будет. Всё будет. Придет день — буду на трибуне мавзолея стоять.

ДЕВУШКА: А потом — внутри лежать?

БОРИС-ВТОРОЙ: Такими вещами не шутят. Со мной можно. Но лучше и со мной не надо. Я не двурушник какой-нибудь: на собрании одно, на кухне другое. Дело Ленина и Сталина знаешь почему во всем мире побеждает?

ДЕВУШКА: Почему?

БОРИС-ВТОРОЙ: Потому что на таких, как я, держится. Бороться и искать, найти и не сдаваться. Ясно?

ДЕВУШКА: Ты вышел, чтоб со мной про дело Ленина и Сталина говорить?

БОРИС-ВТОРОЙ: Я вышел, чтобы сказать: «Людмила, давай пойдем навстречу солнцу вместе. Оно пока только еще восходит. Но оно будет сиять для нас. Клянусь тебе».

ДЕВУШКА (смотрит на портреты): Кем?

БОРИС-ВТОРОЙ: В смысле?

ДЕВУШКА (показывает на вождей): Кем клянешься? Из них?

БОРИС-ВТОРОЙ (смотрит, думает): Товарищем Сталиным. Он Сталин, а я Железнов. Сталь с железом никакие преграды не остановят.

ГОЛОС ДИРЕКТОРА: А где у нас Боря Железнов? Железнов! Ты куда подевался?

ЗВОНКИЙ ГОЛОС: Семен Семеныч, Железнов вышел!

Креативщик

ГОЛОС ДИРЕКТОРА: Так найдите его. А то я медаль себе заберу.

СМЕХ, КРИКИ: Борис! Железнов!

БОРИС-ВТОРОЙ: Надо идти. На танцах договорим. Первый, чур, мой!

Убегает.

Девушка смотрит ему вслед.

Слева из-за пальмы выходит Борис-третий.

Он в круглых роговых очках, в белых штанах и белых туфлях, в куртке на молнии. Максимально допустимое для того скудного времени пижонство. Черные волосы взбиты коком.

Звуки из зала приглушены: невнятный бубнеж, иногда аплодисменты.

БОРИС-ТРЕТИЙ (насмешливо): А я все слышал.

ДЕВУШКА (вздрогнув): Боб? Ты что тут делаешь?

БОРИС-ТРЕТИЙ: Прячусь. От речей.

ДЕВУШКА: Тебя мама не учила, что подслушивать стыдно?

БОРИС-ТРЕТИЙ: У меня мама художница. Она говорит: настоящее искусство — это когда стыдно, больно и обжигает. А не «два вождя после дождя». Интересно было послушать, как вы тут воркуете. Ты, Люсьен, прямо фам-фаталь.

ДЕВУШКА: Кто-кто?

БОРИС-ТРЕТИЙ: Роковая женщина.

ДЕВУШКА: Слушай, почему ты все по-иностранному переиначиваешь. Я не «Люсьен», а Люся. Ты не «Боб», а Боря.

БОРИС-ТРЕТИЙ: Вообще-то я Барух. В честь деда назвали. Но такие имена теперь не в моде. Плевать. Боб — звучит классно.

ДЕВУШКА: Чего классного? Боб-фасоль-горох.

БОРИС-ТРЕТИЙ: Дура ты, Люси.

ДЕВУШКА: Ну и катись, если я дура.

БОРИС-ТРЕТИЙ: Не могу. Заразился.

ДЕВУШКА: Чем это ты заразился?

БОРИС-ТРЕТИЙ: Бациллой любви. Ты забойная чувиха. А что дура — фигня. Я тоже не Лобачевский. Мы созданы друг для друга. Дурак и дурочка, петушок и курочка.

ДЕВУШКА: Здрасьте-пожалуйста.

БОРИС-ТРЕТИЙ: А что? За компанию и жид повесился. Мой случай. Тут конкуренты перед тобой свои товары выкладывали. Один — высотную сварку, другой — место в мавзолее. У меня тоже полным-полна коробушка, есть и ситец и парча.

ДЕВУШКА (смеется): Хохмач ты, Борька.

БОРИС-ТРЕТИЙ: Зовите меня «Боб», мисс. Гардероб с шифоньером обещать не могу, дорогу к солнцу тоже. И про вечную любовь заливать не стану. У нее, как у пташки, крылья. Но, во-первых, я талант. Ты мои картинки видела?

ДЕВУШКА: Видела. Ужас.

БОРИС-ТРЕТИЙ: Скажи? Мороз по коже. Но, может, я не художником стану, а саксофонистом. Или гитаристом. Неважно. Главное, ты со мной скучать не будешь. Фирма гарантирует.

ДЕВУШКА: Тоже клясться будешь? Которым из них?

БОРИС-ТРЕТИЙ (смотрит на портреты): Тогда уж Марксом. Все-таки европеец. Космополит опять же, бродяга в человечестве. Давай смотаемся с этих ихних танцев? Вальс-полька-хоровод. У меня дома никого. Пластинки есть офигенные. Глен Миллер. Бенни Гудмена недавно выменял у одного лабуха.

ДЕВУШКА: Как это я уйду, ни с кем не попрощаюсь? Неудобно. День-то какой.

БОРИС-ТРЕТИЙ: Понял. Конкуренты: высотная сварка с мавзолеем. Ладно, Люси, право выбирать и быть избранным гарантировано каждому советскому гражданину конституцией. Короче, ты выбирай, а я пойду приберусь. У меня в комнате чума, разгром немецко-фашистских захватчиков под Москвой. Жду. Адрес ты знаешь.

Креативщик

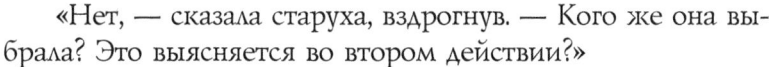

Уходит.

Девушка стоит спиной к залу, смотрит на портреты. За ее взглядом следует луч прожектора: Ленин, Сталин, Маркс.

Постепенно свет гаснет. Занавес на центральной сцене закрывается. Первое действие окончено.

Я вас не утомил?»

«Нет, — сказала старуха, вздрогнув. — Кого же она выбрала? Это выясняется во втором действии?»

«И да, и нет. Во втором действии трех Борисов могут играть те же самые актеры, только состаренные. Могут и другие, возрастные, но с легко узнаваемыми приметами: у Бориса-первого, допустим, такой же чуб. У Бориса-второго и у Бориса-третьего тоже какие-то безошибочные приметы, это уж пусть режиссер думает. А вот Девушка «растраивается». То есть теперь это три разные актрисы, внешне нисколько не похожие ни друг на друга, ни на юную выпускницу. Зрители не сразу понимают, что это одна героиня, которая в зависимости от судьбы получилась такой или этакой.

Сначала оживает левая сцена. Занавес наполняется светом. Слышна музыка. Поет Валентина Толкунова. Сначала «Серебряные свадьбы, негаснущий костер». Потом «Стою на полустаночке в цветастом полушалочке».

МУЖСКОЙ ГОЛОС: Люд! Люда!

ЖЕНСКИЙ ГОЛОС: Борька, отчепись! Я курей маслом поливаю!

МУЖСКОЙ ГОЛОС: Галстук завяжи! Удавка поганая...

Занавес открывается. Комната, обставленная в стиле семидесятых: полированный шкаф-горка с посудой, трюмо, на стене ковер с тремя богатырями. Перед трюмо стоит Борис-первый, воюет с галстуком. Стуча высокими каблуками, входит Женщина. Она полная, ее золотистые, явно крашеные волосы в бигудях. Под затрапезным фартуком нарядное платье.

ЖЕНЩИНА (кричит в дверь): Ир, и лимоном, лимоном! Я щас! (Подходит к мужу.) Давай, горе мое.

БОРИС-ПЕРВЫЙ: Не люблю я его. Последний раз когда, на ноябрьские, что ли, одевал? Когда переходящее-то давали? Может, сыму я его к бесу? Свои же все. Перед кем форсить?

ЖЕНЩИНА (завязывая галстук): Я тебе сыму. Серебряная свадьба раз в жизни бывает. Пусть всё, как у людей. (Осматривает комнату.) Эх, гарнитур не поспел. Вот красота бы была. «Ольховка-декор»!

БОРИС-ПЕРВЫЙ: Да все и так знают. Я один на весь цех жребий вытянул. Я, Людок, у тебя везучий. (Обнимает ее.)

ЖЕНЩИНА: Пусти! Ируська войдет!

БОРИС-ПЕРВЫЙ: Пускай поглядит, как отец с матерью милуются. Она со своим Юркой через двадцать пять лет так будет? Еще вопрос.

Обнимаются, целуются.

ЖЕНЩИНА: Борь.

БОРИС-ПЕРВЫЙ: Чего?

ЖЕНЩИНА: Мишка тебе говорил?

БОРИС-ПЕРВЫЙ (продолжая ее целовать): Чего?

ЖЕНЩИНА: Да отстань ты! Помял всю. Он эту приведет. С которой вечером по телефону-то...

БОРИС-ПЕРВЫЙ: Пускай приводит. Поглядим.

ЖЕНЩИНА: Волнуюсь я. Какой-то он стал не такой. Чужой какой-то.

БОРИС-ПЕРВЫЙ: Нормально. Двадцать лет парню. Отслужил уже. Взрослеет.

ЖЕНЩИНА: Сказано, отвяжись! Гости уйдут, тогда мни сколько хочешь.

БОРИС-ПЕРВЫЙ: Тогда само собой.

ЖЕНЩИНА: Я чего волнуюсь. Морсу-то не мало наварила?

БОРИС-ПЕРВЫЙ: Вина бы хватило, и ладно. А морс твой, кто его пьет?

Креативщик

ЖЕНЩИНА: Колька опять нажрется. Как он кран-то тогда свернул в ванной, а?

БОРИС-ПЕРВЫЙ: Сам свернул, сам починил. Ты Кольку не обижай, он — мужик.

ЖЕНЩИНА (обнимает его): Повезло мне с тобой все-таки. Не пьешь, не гуляешь.

БОРИС-ПЕРВЫЙ: А я тебе чего двадцать пять лет толкую?

Обнимаются. Пронзительный звонок в дверь.

МОЛОДОЙ ЖЕНСКИЙ ГОЛОС: Ма-ам! Пришел уже кто-то! Духовку зажигать или как?

ЖЕНЩИНА (вырывается из объятий): Господи, это Славка с Зинкой! Вечно они! А я в бигудях! Встречай сам! Не зажигай! Рано!

Выбегает.

Плотный занавес задвигается, но внутри по-прежнему горит свет, доносится тихая музыка.

Начинает светиться занавес центральной сцены. Оттуда уже некоторое время доносится другая музыка, наслаиваясь на первую. Это поет Карел Гот. Постепенно он вытесняет Толкунову. Потом ансамбль «Песняры» запоет «Александры-ына, ужо прыйшла зіма!».

Занавес открывается. Там поменяли декорацию. Две боковые сцены — они ведь временные, ни оборудования, ничего. Там рабочим поменять интерьер трудно. А центральная сцена основная. Там должен быть поворотный круг, колосники, хотя бы просто кулисы. За несколько минут управиться не проблема.

Теперь это уже не школьное фойе, а квартира солидного номенклатурщика брежневской поры. На стене картина Ильи Глазунова — витязь в шлеме или синеокая красавица. Большая бобинная стереосистема. Фотообои с морским пейзажем. Финский кожаный диван.

На диване у журнального столика сидят Борис-второй и Женщина. Это подтянутая дама в шелковом кимоно, с крашенными в светло-лиловый цвет волосами. Он — в красном спортивном костюме «Адидас». Поставленный голос. Черные с золотом очки.

БОРИС-ВТОРОЙ: Седельникова! Седельникова обязательно. Но он будет один. Жена у него в Карловых Варах.

ЖЕНЩИНА: Значит, плюс один. (Помечает на листке.) Сорок три. Дальше кто?

БОРИС-ВТОРОЙ: Насчет Гаспарянов ты как думаешь?

ЖЕНЩИНА: Сложный вопрос, Борис Константинович. Раз будет Шерстюк, наверно, лучше не надо.

БОРИС-ВТОРОЙ: Гаспарян обидится. Кавказский человек. У них к юбилеям отношение серьезное. И потом, он всегда такие подарки дарит. На серебряную свадьбу запросто может на серебряный сервиз разориться.

ЖЕНЩИНА: Тогда надо Шерстюков вычеркивать.

БОРИС-ВТОРОЙ: Людмила Михайловна, ты думай, что говоришь. Он меня на бюро поддержать должен. Черт с ним, с сервизом. Не в серебре счастье. Счастье в золоте. (Смеется.) А если серьезно, у нас такая же проблема будет по линии Карповы — Булкины. И, само собой, с Сергей Степанычем тоже непонятно.

ЖЕНЩИНА: Есть идея. А что, если нам устроить два праздника?

БОРИС-ВТОРОЙ: Как это?

ЖЕНЩИНА: А так. Один в «Праге», как собирались. Солидно, чинно. По первому классу. Туда пригласим Шерстюка, Карповых и вообще всех, кого положено. А второй устроим дома. Вроде как для души. Друзей институтских можно позвать, родственников пригреть. А то тетя Лена, например, обижается. А заодно Гаспарянов, Булкиных и Сергея Степановича. Старику будет приятно.

БОРИС-ВТОРОЙ: Гаспарян не идиот. Поймет и затаит. От него, между прочим, Монреаль зависит. Не забывай.

ЖЕНЩИНА: Я тебе когда-нибудь плохие советы давала? Ты не дослушал. Мы домой пригласим не только друзей. Я попрошу Лианозова привести Валю Теличкину. Мы же знакомы. Это, так сказать, для украшения стола. А Эдик дружит с Высоцким. Представляешь, если Высоцкий придет? С гитарой. Все обалдеют. Говорят, он как выпьет немного, сам начинает петь. И просить не надо. Это будет выглядеть не как вечер для бедных, а совсем наоборот.

Сквозь «Песняров» начинает пробиваться еле слышный голос Высоцкого, который поет «Кони привередливые».

БОРИС-ВТОРОЙ: Сильный ход. Только насчет Высоцкого... Знаешь, у него всякие песни есть. Не занесет его? Булкин та еще скотина.

ЖЕНЩИНА: Высоцкий знаешь у кого пел «Охоту на волков»? И ничего, нормально. Дома же.

БОРИС-ВТОРОЙ: Права. На сто процентов. Я Гаспаряну шепну, что это специально для него. А Эдик насчет Высоцкого не натрепал?

ЖЕНЩИНА: Положись на меня.

Борис-второй обнимает ее, целует.

БОРИС-ВТОРОЙ: Василиса ты моя премудрая. Без тебя разве стал бы я тем, кем я стал?

ЖЕНЩИНА: Стал бы. Ты ведь Железнов. Но вместе мы — бригада. (Смеется.) Бригада Коммунистического труда.

БОРИС-ВТОРОЙ: Слушай, гости гостями, ну а для себя-то мы отметим? Вдвоем?

ЖЕНЩИНА: Потом. Отработаем обязательную программу — и в Пицунду. Олежка в свой интеротряд уедет, а мы, как в юности...

БОРИС-ВТОРОЙ: Умница ты у меня, Людмила Михайловна. Позвоню Сучкову, чтоб «люкс» забронировал.

Они целуются.

ЖЕНЩИНА (между поцелуями): О! Сучкова забыли. Сейчас...

Наклоняется над столом, пишет. Занавес закрывается. «Песняры» звучат еле слышно.

Освещается сцена справа».

Старичок закашлялся, принялся сердито трясти свою электронную книжку.

«Подвисла, чертова машинка. Удобная штука, но иногда подводит...»

«Я ничего в этом не понимаю. Мобильный телефон, и то не освоила, — сказала слушательница. — Могу дунуть-плюнуть. Бабушка в детстве так примус чинила. А я утюг электрический. Или чайник. Иногда помогает».

«Серьезно? — ужасно заинтересовался драматург. — Я, знаете ли, верю во всякую мистику. В черный глаз, в заговор, в тонкую энергию. Ну-ка попробуйте».

Он протянул ей блокнот, на экране которого, действительно, мерцала пустота.

Старуха засмеялась. Наклонилась, забормотала: «Тьфу-тьфу-тьфу. Умник-разумник, душенька-петрушенька, что кобенишься-ерепенишься, не ломайся, починяйся! ...Не слушает меня ваша машинка. Забирайте. Может, дальше своими словами расскажете? Как там у нее с третьим женихом сложилось бы?»

«Зря вы на себя наговариваете. Заработала!»

Драматург поднес электронное устройство к глазам.

«...Освещается сцена справа. Там тоже играет музыка. Поет Владимир Высоцкий: "Что-то кони мне попались привередливые". Потом Марина Влади: "Я несла свою беду".

Это квартира. Интерьер для семидесятых годов весьма, как теперь говорят, "продвинутый". Стена — кирпичная, на ней висят абстрактные картины. Большие портреты Пастернака и Цветаевой. Женщина и Борис-третий сидят, скрестив ноги, на белой бараньей шкуре. У нее голова обвязана платком, яркая рубаха навыпуск, клешеные штаны. Он в линялом джинсовом костюме. Длинные седоватые волосы, борода. Оба смотрят в машинописный текст и курят.

БОРИС-ТРЕТИЙ: И после "судьи кто за древностию лет" вдруг переходишь на южнорусский "ховор". Аффрикативно так. "Сужденья черпают из забытых хазет времен очаковских и покоренья Крыма». Правой рукой, на секундочку, касаешься бровей. И паузу, держишь паузу. Все окоченеют!

ЖЕНЩИНА: Я уже окоченела. Боб, на этот раз ты точно нарвешься. Мало тебя после «Конька-горбунка» дрючили? Царь у него, видишь ли, в костюме с галстуком. Спектакль сняли. С заслуженным прокатили.

БОРИС-ТРЕТИЙ: Пускай Канторович будет заслуженный. А я лучше буду талантливый.

ЖЕНЩИНА: Главное, скромный.

БОРИС-ТРЕТИЙ: Люсьен, я старый волк. Меня в ихние капканы хрен поймаешь. Все поведутся на то, что Чацкого играет женщина. Ах, как это оригинально! Ах, глумление над классикой! А это все дымовая завеса. Весь мой спектакль ради этой фразы с аффрикативным «г» и легкого прикосновения к бровям. Вот каким должен быть театр, чувиха, если хочет быть актуальным!

ЖЕНЩИНА: Боб, ты у меня гений. Я только боюсь очень. Там тоже не дураки сидят. Не пропустят.

БОРИС-ТРЕТИЙ: Кого? Грибоедова? Ты на прогоне, когда комиссия, говори нормально и руки по швам держи. И все дела. А потом оттянемся. Публика будет с ночи за билетами стоять.

ЖЕНЩИНА: А насчет любви Чацкого к Софье? Если он женщина, получается, что это про лесбиянок, что ли?

БОРИС-ТРЕТИЙ: У нас эту тему педалировать не надо. А бог даст, прорвемся в Эдинбург, там оценят. Мы с тобой лесбиянский заход после специально отработаем. Весь рисунок. Про брови и «хазеты» они не поймут, а латентный гомосексуализм и вечно женское в мужчине там сейчас — самое оно.

ЖЕНЩИНА: Так тебя и пустили в Эдинбург.

БОРИС-ТРЕТИЙ: Времена меняются. Брюхом чую. Если броненосец начал книги писать, это значит, что у них проскочило: надо повышать культурный имидж.

ЖЕНЩИНА: Что повышать?

БОРИС-ТРЕТИЙ: Темная ты у меня, Лю. Никак языкам тебя не обучу. Поразительно, что я в тебе нашел?

ЖЕНЩИНА: Ну-ка, расскажи. Самой интересно.

БОРИС-ТРЕТИЙ: Нет, правда. Мы с тобой сколько лет вместе бичуем? (Думает.) Ёлки! Сегодня у нас какое?

ЖЕНЩИНА: Вспомнил все-таки. Я думала, не вспомнишь.

БОРИС-ТРЕТИЙ: Двадцать пять лет, что ли? Шит! А годы летят, наши годы, как птицы, летят!

ЖЕНЩИНА: Может, отметим? Устроим сейшн?

БОРИС-ТРЕТИЙ: Типа «Серебряные свадьбы, негаснущий костер»? Нет уж. Это пускай гопота отмечает. ...Разве что вдвоем. Двадцать пять лет! Осмыслить надо.

ЖЕНЩИНА: Помнишь, как ты обещал, что я с тобой никогда скучать не буду?

БОРИС-ТРЕТИЙ: Обманул?

ЖЕНЩИНА (нежно): Чего-чего, а скуки точно не было.

Они смотрят друг на друга, она гладит его по лицу.

БОРИС-ТРЕТИЙ: Поразительная ты чувиха, Люси. Чем ты меня приворожила?

ЖЕНЩИНА: Чем?

БОРИС-ТРЕТИЙ: Столько вокруг баб классных, только свистни. Режиссер все-таки, не хухры-мухры.

ЖЕНЩИНА: Я тебе свистну.

БОРИС-ТРЕТИЙ: Роберт третий раз женат, Алик вообще рекордсмен. А я, как папа Карло, все с тобой да с тобой. Нет, в натуре. Чего я в тебе нашел?

ЖЕНЩИНА: Всё.

БОРИС-ТРЕТИЙ: Что это «всё»?

ЖЕНЩИНА: Что тебе надо, то и нашел. Кто мне говорил: «Ты моя муза?»

БОРИС-ТРЕТИЙ: Я.

ЖЕНЩИНА: А кто лучше всех на свете готовит?

БОРИС-ТРЕТИЙ: Ты.

ЖЕНЩИНА: Еще вопросы есть?

Креативщик

БОРИС-ТРЕТИЙ: Нету. Ты моя муза и кормишь от пуза. А всё остальное мне до лампочки. О'кей, со мной ясно. А я тебе на кой сдался?

ЖЕНЩИНА (серьезно): Дурак. С тобой я счастливая.

И здесь с двух остальных сцен, где — вы помните? — позади занавеса продолжает гореть свет, доносятся женские голоса, как эхо. С центральной Людмила Михайловна: «Борис Константиныч, какая же я с тобой счастливая!» А потом, с левой, Людок: «Ах, Борька, Борька, счастливая я, не сглазить бы!»

И гаснут прожектора, гаснет освещение на сценах. В зале темно. Печальный, звонкий, размеренный звук. Это падают капли времени.

Потом щелчок.

Слышен звук телевизора. Обрывок какой-то современной попсовой музыки.

Снова щелчок. Реклама стирального порошка.

Щелчок.

«....Местами заморозки. Ветер северо-западный, умеренный. Временами возможен дождь со снегом. Температура...» В общем, прогноз погоды.

Центральный занавес наполняется изнутри голубоватым свечением. Там работает телевизор.

ГОЛОС ЖЕНЩИНЫ: Борик! Бо-орик!

Занавес открывается. В старом хлипком кресле, лицом к залу сидит Женщина, пьет чай. Перед ней телевизор. Изображения мы не видим, только слышим звук, да мигает экран.

Женщина старая, в халате и шлепанцах. Пьет чай, вслух разговаривает сама с собой.

ЖЕНЩИНА: Понятно. Погодка собачья...

Щелчок.

ТЕЛЕВИЗОР: ...Обходит по флангу, разворачивается. Пас, Коля! Пасуй! Аршавин свободен! Молодец! Бей, Андрюша!

Оглушительный рев.

ЖЕНЩИНА (переключая): Чтоб вы провалились с вашим футболом. Боря-а-а!

ТЕЛЕВИЗОР: ...Эта удивительная женщина пришла к нам в студию, чтобы открыть нам свою душу. Аплодисменты! (Хлопают.) Скажите, каково это — быть замужем за сиамскими близнецами?

ЖЕНЩИНА: О господи.

ТЕЛЕВИЗОР: Если честно, жутко тяжело.

ЖЕНЩИНА: Я думаю.

ТЕЛЕВИЗОР: Тяжело в буквальном смысле? Ха-ха, шутка.

ЖЕНЩИНА: Пошляк.

ТЕЛЕВИЗОР: Я про сексуальную сторону потом расскажу. Это реальный улёт. В смысле, там как раз нормально всё.

ЖЕНЩИНА: Мамочки мои. Борис, ты только послушай!

ТЕЛЕВИЗОР: ...Но, понимаете, они на самом деле такие разные. Макс по жизни как бы пофигист такой, а Стас чуть что — депрессует.

ЖЕНЩИНА: Могу его понять.

Она роняет пульт, программа переключается.

ТЕЛЕВИЗОР: Я не тот, за кого ты меня принимаешь. Я Ангел Тьмы! И я пришел за тобой!

Душераздирающий крик и сатанинский хохот.

ЖЕНЩИНА: Только не это...

Перегибается через поручень, чтобы поднять пульт. На пол падает чашка. Женщина пытается ее поймать и опрокидывается вместе с креслом на пол.

Программа снова переключается.

ДЕТСКИЙ ХОР: «Давно ль, друзья веселые, простились мы со школою...»

ЖЕНЩИНА (слабым голосом): Бо...ря... Мне плохо... Борька... Аптечку! Принеси аптечку! Бобик! Аптечку!

Ее голова откидывается на пол.

ХОР: «В саду березки с кленами встречают нас поклонами, и школьный вальс опять звучит для нас».

Креативщик

На сцену выходит бобик — натуральная собака. В зубах она держит аптечку.

Подходит к старухе. Тычется в нее носом. Начинает лизать ей лицо. Но женщина неподвижна.

Под звуки «Школьного вальса» и собачий вой занавес закрывается.

Трюк с облизыванием лица очень простой, я проверял на своем лабрадоре. Намазываешь нос колбасным сыром, и все дела. Так будет лизать — зал обрыдается. А вой, конечно, дается в записи.

Прием, когда персонаж обращается как бы к человеку, а потом оказывается, что это животное, конечно, не нов. Но в пьесе все построено на отработанном сырье. Ведь это вариация на тему «Душечки». Ключевое слово здесь *Перечитывая* Чехова».

Ну как вам пьеса?» — спросил драматург с нарочитой небрежностью.

Слушательница долго молчала.

«Я не поняла, за кого она все-таки вышла? На самом деле?»

«Не знаю. Это неважно. Финал все равно один. Она на время наполнилась чужой жизнью, чужим светом, но на «выпускном вечере» рядом никого нет. Потому что в конце ты всегда один».

Старуха нетерпеливо дернула плечом:

«Это понятно. Но она действительно была счастлива? Говорят же они у вас в конце второго акта: «Я счастлива, я счастлива». С которым из Борисов она была бы счастливей?»

«Со всеми тремя, только по-разному».

«Разве так бывает? Ведь счастье — это когда повезет встретить твоего единственного, твою половинку? Все так говорят. И я в это всегда верила».

Драматург с ней не согласился.

«Ерунда. Счастье — это дар, он врожденный. Если ты им наделена, все равно будешь счастливой, даже если твой муж

Синяя Борода. Но несчастное мироощущение — это тоже дар. Может быть, не менее ценный».

«Как это может быть?»

«Счастье усыпляет душу, несчастье ее развивает. Жизнь несчастливца глубже, рельефней. У человека трагического больше возможностей раскрыть свой духовный потенциал. Но про это я напишу другую пьесу. Вот будет фестиваль «Перечитывая Достоевского»... Вы лучше скажите, много в моей пьесе совпадений с вашей судьбой?»

«В первом действии всё очень похоже. Я даже обомлела. В середине — ничего общего. Я замужем не была. То есть предложения были, особенно в первой молодости, но как-то не решилась. Хотя некоторые претенденты мне очень нравились».

«А концовка?»

«К сожалению, похожа. Я тоже сижу вот так, щелкаю по кнопкам, разговариваю с телевизором. Ругаю его, он мне отвечает. Чаще всего чушь, но иногда впопад. Только собаки у меня нет. Раньше боялась завести, потому что полюбишь ее, а она умрет. Теперь наоборот. Помру, что с ней будет?»

Драматург усмехнулся.

«Вот это соображение и не дало вам выйти замуж. Слишком много думали, кто умрет первый. Надо было думать не про смерть — про жизнь. Мой вам совет: заведите кошку. Только не котенка, а такого взрослого, битого жизнью котяру. Он жил до вас, не пропадет и после вас».

«Я собак больше люблю. Кошка сама по себе, она всегда будет немножко чужая».

«Мы все сначала чужие. До поры до времени. — Драматург поднялся. — Потом родные. А потом снова немножко чужие, и всяк сам по себе. Не будем требовать от кошки и друг от друга слишком многого. Мне пора. Спасибо, что послушали пьесу».

«Что вы! Это вам спасибо. Вы заходите ко мне. Я на шестом живу, в 63-й. Я готовлю хорошо».

«Благодарю. — Старик церемонно поклонился. — Непременно. Как-нибудь».

10:55

Не таким уж он оказался дряхлым, старичок с последнего этажа. Или, может, взбодрился от майского утреннего солнышка. Через двор он прошел бодренько, тростью по асфальту отстукивал звонко. Еще и напевал: «Птица счастья завтрашнего дня прилетела, крыльями звеня».

Выйдя на улицу, немножко подумал, сам себе кивнул и встал у самой бровки. Поднял руку.

Почти сразу же остановилась видавшая виды «пятерка». Водитель опустил стекло и певуче спросил:

«Ехать куда?»

Он был черноглазый, смуглый, в камуфляжной куртке.

«В центр. По дороге?»

Автомобилист блеснул белыми зубами.

«Мне везде по дороге. Смотря сколько платить хочешь. В центр — куда в центр?».

«Ну, типа в Таврический сад».

Восточный человек задумался. Город он, видимо, знал не очень.

«А это далеко?» — спросил он.

«Как ехать».

«Дорогу покажешь?»

«Покажу».

«Ладно, садись. Договоримся».

Поехали.

Старик с любопытством поглядывал на водителя, а тот хмурил лоб, что-то прикидывал.

«Откуда сам?»

«Так».

Похоже, шофер не любил отвечать на этот вопрос.

«С Узбекистана», — не спросил, а определил пассажир.

Водитель покосился на него.

«У меня регистрация, полный порядок».

«А мне по барабану. Я же не мент».

Анна Борисова

С гостем из Узбекистана старичок говорил совсем не так, как с интеллигентной пожилой дамой. Будто подменили драматурга.

«Дуй по Белградской, потом вырулишь на Витебский».

«В центр, что ли? — словно только теперь понял водила. — Короче, это штука будет».

«Штуку в Ташкенте слупишь. У нас за пятихатку возят и спасибо говорят».

Узбек засмеялся.

«Хорошо, командир. Пятьсот».

Теперь, когда основной вопрос разрешился, лоб у него разгладился.

«Семья здесь или там?» — приставал любопытный старик.

«Там пока».

«Перевозить будешь?»

«Буду».

«Тут лучше?»

Водитель, кажется, немного обиделся.

«Кому как. У нас некоторые знаешь как живут? Но у меня три дочки, так? Старшая учиться хочет, в институт. Вторая тоже карьеру хочет. У нас там девчонке учись не учись... — Он махнул рукой. — Лучше здесь».

«А третья что? Не хочет ни учиться, ни карьеру?»

«Не хочет. Замуж, говорит, пойду. — Узбек засмеялся. — Вечером сядут, давай спорить. Одна говорит: актриса буду, как Чулпан Хаматова. Вторая говорит: менеджер буду. Или в банке работать. Бизнесвумен, так, что ли? Младшая говорит: дуры вы. Детей рожать надо. Смехота!»

«Три девицы под окном пряли поздно вечерком».

Шофер удивился:

«Чего?»

«Пушкин. "Сказка о царе Салтане". Забыл?»

«Я когда в школе учился, у нас русских писателей уже не очень... Пушкина знаю. "Капитанская дочка" знаю. Про царя Салтана не знаю. А чего там, в сказке?»

Креативщик

У пассажира глаза так и сверкнули.

«Рассказать?»

«Давай. В центр долго ехать».

«Только я стихами не помню. Своими словами, лады?»

«Стихами не надо. Стихами понимать хуже».

«Короче, там тоже три девчонки заспорили. Каждая хочет стать царицей».

«Кто из молодых не хочет? Это, как это, лузер никто быть не хочет».

Машина неслась через промзону, подпрыгивая на выщербленном асфальте. Старик рассказывал сказку.

«Одна девка красивая, моторная. Хочу, говорит, в шоу-бизнес. Чтоб каждый день рассекать. Зажигать пир на весь мир».

«У меня старшая тоже красивая. Моделью хочет. Но модель — это я против. Там, извиняюсь, блядство одно. И не кушают ничего, раз-два и язва желудка», — вставил узбек.

Рассказчик поморщился. И дальше:

«Вторая девка умная, деловая. Говорит: на производство пойду, в бизнес. Легкая промышленность там, хлопок-лен, все дела. Налажу производство, экспорт. На весь бы мир, говорит, наткала я полотна».

«Правильно. У нас в Узбекистане хлопок лучший в мире. А шить не умеют. Тряпки носят — Китай один. У кого бабки есть — Версаче, Диор. Как здесь, короче».

«А третья девчонка говорит, ничего не хочу. Хочу, чтоб муж был, семья».

«Молодец. Я тоже так считаю. А жена ругает дочку, младшую. Дура ты. Жизни не увидишь. Пеленки-коляски никогда не поздно».

«Как у Пушкина баба Бабариха. Она тоже двух первых девушек поддерживала, а третью нет».

«Жена моя говорит...» — охотно подхватил тему водитель, но пассажир осердился:

«Попросил сказку — слушай. Не перебивай. А то не буду рассказывать».

Анна Борисова

«Молчу, командир, молчу».

И сказочник продолжил пересказ классики. Однако если вначале он был более или менее близок к оригиналу, то теперь стал от него отдаляться. Видно, понесло.

«Первая девка красивая была, чисто Голливуд. Верила, что красота — главное женское оружие. Если у девушки внешность хорошая и готовит суперски, париться ей незачем. Через постель и желудок любого мужика добыть не проблема. С правильным мужиком всего на свете можно достичь. Как на скачках. Грамотно выбрала жеребца, поставила на него — и жируй на халяву. Придет к финишу — приз твой. Сойдет с круга — поставишь на другого. Обычная жена тоже хочет, чтоб ее мужик гран-при взял, но она как жокей. Сама скачет. И рискует. Если конь с копыт — жокей тоже себе шею свернет. А красавица может жить по-другому. Сидеть в ложе, попивать шампанское, да скакуна своего подбадривать. Давай, коняшка, гони. Получишь морковку. А лажанешься — сдам на живодерню».

«Вот зараза», — осудил первую девицу шофер, но сказочник на него зыркнул, и слушатель заткнулся.

«Вторая на красоту плевала. Она собой тоже ничего была, во всяком случае не уродина. Если б марафет навела, приоделась, могла бы быть эффектной. Но она это всё в гробу видала. Косметики ноль, походка, как у терминатора. Такой конь с яйцами. Умная, волевая, характер — бэтээр. Время мужчин, говорит, кончилось. Мы, бабы, крепче и выносливей. Никто мне не нужен, всего сама добьюсь.

Ну а третья слушала их, только головой качала. Ах, говорит, девочки, главное на свете любовь. Жизнь, говорит, это не скачки к финишу и не бизнес. Это чтоб утром проснулась, посмотрела на мужа, и счастье. Детей завтраком кормишь — опять счастье. А завтра хоть вообще не наступай».

«Я бы на такой женился», — не умолчал-таки узбек.

«Я бы тоже. Короче, быстро сказка сказывается, долго дело делается. Всё у них, у девушек этих, срослось. Какая что загадала, то и получила.

Креативщик

Красавица всю жизнь протусовалась. Яхты, презентации, фотки в журналах. Мальдивы-шмальдивы, Канны-фиганны. Первый муж миллионер, второй министр, третий вообще олигарх.

Вторая тоже в шоколаде. Сама олигархом стала. Сидит в пентхаусе, сверху вниз на всех поплевывает. Сто тысяч человек на нее пашут. Журнал «Форбс» ее на обложке помещает. В номере «100 самых успешных бизнес-леди».

Третья подружка в принципе тоже нормально прожила. Муж у нее звезд с неба сначала не хватал. Человек как человек, средний. Но она ему все время долбила: ты самый лучший, ты самый крутой. И он поверил, крылья расправил. Все у него получилось. Менеджер среднего звена, квартира хорошая, тачка, дача. Дети выросли нормальные, выучились».

«Молодец! — снова не сдержался южный человек. — Так и надо!»

«Кому надо? Мужу или жене?»

«Чтоб семья хорошая, всем надо».

«Во-первых, не всем. Уж мужикам точно не всем. Да и женщины тоже разные. Мужчине от жены главное что нужно?»

«Любила чтоб».

«Ошибаешься. Некоторым надо, чтоб баба их наоборот шпыняла, под плинтус загоняла. Иначе жить скучно. Нет, братан. Нам от них нужно, чтобы они нас сильнее делали. Если ты себя с этой конкретной бабой чувствуешь сильнее, чем без нее, значит, она тебе подходит. Сильнее не в смысле бицепсы-трицепсы. В смысле, лучше себя реализуешь. Ясно?»

«Ясно, почему не ясно. С одной женой ты орел, с другой курица мокрая».

«А поразительней всего, что, какой бы урод ты ни был, хоть чмо последнее, обязательно где-нибудь на свете есть баба, которая одна только и может тебя из говна вытащить, человеком сделать. Вот зачем жена нужна. А на кой мы им сдались, это вопрос неочевидный. Ладно, ты дальше слушай. Вон там направо повернешь, на Обводный. Быстрее выйдет...

Анна Борисова

Короче, все ихние желания сбылись. Сказка она и есть сказка.

Вот они уже женщины хорошо на возрасте. Собрались как-то вместе, без мужиков. Юность вспомнить, друг перед дружкой повыёживаться. Обычный бабский спорт.

Умная говорит: у меня то, у меня сё, я монополистка над всей мировой лёгкой промышленностью. Хотела стать царицей и стала.

Красивая ей: не обижайся, Катя, на старую подругу, но разве царицы так выглядят? Ты на меня посмотри. Вот я царица. Подтяжечка, губки коллагеновые, бюст силикон. Мне больше сорока не дает никто. Могу снова замуж выходить, но мне теперь никого не надо, у меня все есть. Свой клуб-казино, ресторан с кабаре, каждый вечер салюты запускаю, и вся моя жизнь чудесный фейерверк.

Умная ей тоже шпильку в больное место. Царица-то ты царица, жаль только, Виолетта, с царевичем тебе не повезло. Мало ты парнем своим занималась, вот он у тебя такой и получился. А у красавицы единственный сын — дурила бессмысленный, только умеет тусоваться да папино бабло просаживать.

Но красивую хрен собьешь. У сына, говорит, своя жизнь, у меня своя. Ребенка родить — как эстафетную палочку передать. Чтоб род не пресекся. А дальше как Бог рассудит. Пускай мой Жорик вырос козел козлом, но у него тоже будут дети. Может, из них что путное выйдет. Я, конечно, попрыгунья-стрекоза, лето красное пропела, но свой долг перед природой по минимуму исполнила. А ты, Катюша, извини, пустоцвет.

Обиделась на нее умная, отвечает тонко, с намеком. Мол, человек заводит детей, когда нутром чует, что не годен на большие дела. Чтобы кто-то в потомстве, через сто лет или через тысячу, совершил что-нибудь великое. Вот тебе весь долг перед природой. А я сама — та, ради кого все мои предки старались и плодились. Потому что я самая великая женщина всех времен. Обо мне сто книг написано и десять фильмов снято. Ты помрешь, тебя забудут. А меня долго помнить будут.

Собачатся они между собой, друг дружку опускают. А третья помалкивает, слушает. Они от этого еще больше распаляются.

Вдруг красивая в рев. Плачет, заливается. Мы с тобой, Катька, хвастаемся, а счастливая у нас Машка. Ты сидишь в своем пентхаусе одна дура-дурой, у меня в год по две пластики, потом всё везде болит. А у Машки четверо детей, муж золото. И ничего ей больше не надо.

Умная губы надула. А я не жалею, говорит. Жизнь прожила — дай бог всякому. И тоже вдруг как заревет. Первый раз хрен знает за сколько лет. Сто миллиардов баксов у меня, а завещать некому. Хлóпок этот поганый видеть не могу. Поговорить не с кем. И все такое.

Третья на них смотрит, моргает. Девчонки, говорит, вы что, прикалываетесь? Я вас слушаю, от зависти лопаюсь. Ты, Катька, — вообще! Екатерина Великая отдыхает. Такое дело построила! Голова у тебя — суперкомпьютер. Всем мужикам нос утерла! А ты, Виола, чисто цветок оранжерейный. Какую жизнь красивую прожила! Да на тебя посмотреть, и то праздник. А я что? Дети выросли, я им не нужна. Мужу я столько лет зудила: главное — дело делать. Неважно, какая у мужика работа. Важно, чтобы он видел в ней смысл жизни. Вот и добилась. Для него теперь смысл жизни — торговля пылесосами и увлажнителями воздуха. Чего ради я горбатилась? Ради каких-таких сокровищ? Букашка я никчемная, и больше никто. А могла человеком стать. У-у-у-у!

Вот так сидят они рядышком, три постаревшие девицы, ревмя ревут, и утешить их некому. Тут и сказке конец. Тормози, приехали».

Машина как раз у ограды Таврического остановилась.

Водитель почесал затылок.

Анна Борисова

«Ну и чего? Про что сказка? Я не понял».

«Про то, что жизненный путь надо себе выбирать правильно».

«Кто ж это знает, какой путь правильный, какой нет?»

«Я знаю».

«Откуда?»

«Посмотрю на человека — вижу».

Сказочник проворно вылез из машины, сунул шоферу вместо пятисот рублей тысячу и легкой походкой направился к воротам парка. Трость он теперь нес под мышкой.

11:48

Как только посвежевший старичок очутился в аллее сада, его походка замедлилась. Оказалось, что он никуда особенно не спешит, да и дела у него здесь никакого нет. Он с любопытством посматривал на людей. Остановился у детской площадки. Попялился на мамаш, но недолго.

«Что-то меня нынче все на женскую долю ведет, — пробормотал он. — Хорошего понемножку».

Пошел себе дальше — вдоль пруда, мимо скамеек, приглядываясь к сидящим. В конце концов замедлил шаг около лысого мужчины в очках, с седоватой бородкой. Тот сосредоточенно читал книгу. Ее обложка старичка заинтересовала. «НОВЫЙ ЗАВЕТ», прочел он, шевеля губами, и в живых его глазах снова зажглись знакомые огоньки.

«Не возражаете?» — вежливо спросил он перед тем, как сесть на самый краешек.

Лысый мельком взглянул на него, пожал плечами и снова углубился в чтение.

Его сосед не просидел молча и минуты.

«Прошу извинить. Случайно увидел название. Довольно странное чтение для человека вашего возраста».

Креативщик

Мужчина посмотрел на него с неудовольствием.

«Что вас, собственно, удивляет? По-моему, самое чтение для людей *нашего* возраста. Не Пелевина же с Акуниным мне читать».

Слово «нашего» он подчеркнул, и надо сказать, оно не прозвучало странно. Ветхий старец, каким обитатель 76-й квартиры был три часа назад, до того помолодел, что вполне мог сойти за ровесника этого не старого еще мужчины.

«У вас такое выражение лица, будто вы читаете Священное Писание в первый раз. Вы, наверное, верующий? — Этот вопрос был задан тихо, вроде как с конфузливым недоверием. — И, должно быть, с недавних пор. Иначе вы прочли бы эту книгу в более раннем возрасте».

Лысому разговор решительно не нравился, но, будучи человеком воспитанным, он хоть и сухо, но ответил:

«Разумеется, я читал Библию в раннем возрасте. И потом, много раз. Но ничего не понимал».

«Чего ж там понимать? Все очень просто».

«Головой — просто. Сердцем — другое дело. Сердце дозреть должно».

Надоеда азартно стукнул тростью по асфальту.

«Вы богоискатель? Как интересно!»

«Богоискатель — тот, кто ищет. А я уже нашел. Верней сказать, Он меня нашел».

С этими словами мужчина приподнялся, явно желая закончить нелепую беседу. Однако бойкий старикашка проворно придвинулся и взял его за локоть.

«Ну да, ну да! — воскликнул он. — Вы уверовали в Бога, и вся жизнь предстала перед вами в ином свете. Ваш дух воспарил. То, что прежде казалось вам сложным, теперь кажется простым. Вы аккуратно соблюдаете все обряды и посты, а еще у вас непременно есть духовник из бывших научных сотрудников. Вы без конца читаете Библию, пишете на полях «Как это верно!» и потом зачитываете поразившие вас куски жене».

Обидевшись и рассердившись, неофит рывком высвободился.

«Ваши слова полны яда и злобы! Вы и вам подобные ненавидят таких, как я! Вам обязательно нужно принизить и высмеять то, что для нас свято! Для вас самих ничего святого не существует, и вам невыносима мысль о том, что мы устроены иначе! Что ж вы так беситесь, когда встречаете искренне верующего человека? Что ж вас так корежит-то? Бесы мелкие! Недотыкомки!»

«Ну вот, — обескураженно развел руками провокатор. — Я и не думал насмешничать. Просто высказал предположение. А обиделись вы, потому что оно правильное. И про духовника, и про пометки, и про жену. Сразу стали меня обзывать, толкнули. Наговорили сорок бочек арестантов. Вот объясните мне, почему с верующими обязательно нужно разговаривать очень осторожно, будто с инвалидами или секс-меньшинствами? Слишком много идей и слов, которые могут задеть ваши чувства. Чуть что не так — сразу крик, анафема, смертельная обида. Но сами вы при этом никого обидеть не боитесь. Как-то это не по-христиански».

Собеседник уже не порывался уйти. Хитрецу удалось-таки втянуть его в разговор. Нет сомнений, что именно этого старый приставала и добивался.

«Вечное заблуждение людей невоцерковленных, что христианство мягкотело и беззубо, — стараясь сдерживаться, сказал лысый. — Христос — это Любовь. А Любовь — чувство сильное, страстное. Если ты полюбил Бога, всякое оскорбляющее Его слово больно ранит».

«И чем примитивней конфессия, тем больней ранит, — подхватил собеседник. — Чем менее развито религиозное сообщество, тем шире список запрещенных тем, тем ниже порог обиды и тем острее агрессивность ответной реакции. Поглядите-ка на современный мир. Самая обидчивая религия ислам. Следующая по мнительности — наше православие. Потом идет католицизм. Наименее обидчивые протес-

Креативщик

танты и буддисты. Потому что у них вера более взрослая. На самом же деле религия не имеет отношения ни к обидам, ни к любви. Она совсем про другое».

«Про что «другое»?»

«Знаете, отчего на вас к исходу пятого десятилетия вдруг свет снизошел? Обычная закавыка мужского среднего возраста. Смерти вы испугались, вот что. Ничего, с годами это пройдет».

«А вы, значит, смерти не боитесь?» — язвительно поинтересовался мужчина.

«Да я про нее вообще не думаю. Как выйдет, так и выйдет. Жить и смерти ждать? Глупо. И чего на нее, дуру, оглядываться? Она и так всё время рядом, с утра до вечера и с вечера до утра. Мы бродим через смерть, как через окутанный туманом лес. Вокруг нас, повсюду, ее деревья, ее ямы, ее овраги. Каждую секунду можно напороться, оступиться, провалиться. Смерть проносится в потоке машин, которые гонят по встречной полосе. Малейший поворот руля — и всё, мгновенный конец. Весной смерть свисает сосулькой с крыши. Она лежит в кармане у психа, который прошел в толпе мимо вас, обдав мертвым взглядом. Мог завизжать, накинуться, полоснуть — но что-то его отвлекло, накинется на кого-нибудь другого. В старину люди знали очень хорошо: жизнь хрупка и в любую секунду может оборваться. Сейчас эта неопровержимая истина как-то подзабылась. Но от этого не перестала быть истиной. Только грызть себя из-за этого незачем. Постареете — помудреете. Тело само подскажет, что ничего особенного в смерти нет».

Эту довольно длинную речь, произнесенную самым добродушным тоном, лысый слушал вначале настороженно, потом все с большим недоумением.

«Послушайте, вы вообще кто? Я имею в виду, по профессии?» — спросил он озадаченно.

«Исследователь».

«И что вы исследуете?»

Анна Борисова

Белоголовый старик (возможно, и не седой вовсе, а просто очень светловолосый) внимательно посмотрел на него, будто к чему-то прислушиваясь или что-то прикидывая.

«...Архивные документы. Есть такая не совсем обычная, но крайне увлекательная специальность. Копаешься в старых бумагах, выуживаешь что-нибудь интересное. Потом публикуешь статью. Или даже книгу».

«А-а, знаю. Сталкивался. — Мужчина пренебрежительно скривил длинный нос. — Так называемые «рыболовы». Специалисты широкого профиля. Сегодня про одно, завтра про другое. Ничем не брезгуете, даже глянцевыми журналами. Сниматели пыльцы. Пишете всегда занимательно, никогда глубоко. Мне наверняка и фамилия ваша встречалась. Я, представьте, тоже часто работаю в архивах. Но вы не представляйтесь. Мне ни к чему».

«Не буду представляться. А какова сфера ваших профессиональных увлечений? Я имею в виду, прежних. До того, как вы уверовали и стали вчитываться в Библию. Наверняка это было что-нибудь чрезвычайно светское и даже суетное».

«Опять угадали. Нюх у вас, как у истинного «рыболова». Я филолог. Занимался поэзией Серебряного века. Специалист по Гумилеву».

«В самом деле? Как интересно!»

«Мне так не кажется. Когда-то я Гумилевым восхищался — как поэтом и как человеком. А теперь мне его просто очень жалко. Я знаю про него всё, что только можно знать. Чуть не поминутно всю биографию. Но самого главного не знаю. Обратился ли он к Богу перед смертью, всей душой и без остатка? Покаялся ли за свои грехи и заблуждения? Всё остальное не имеет значения».

«И покаялся, и исповедовался, — успокоил его «рыболов». — Можете на этот счет не волноваться».

«Да где он мог исповедаться? В предварилове на Шпалерной? И у кого? У следователя Якобсона?»

Креативщик

«Не на Шпалерной. Перед расстрелом его перевезли на Гороховую».

«Большинство исследователей пришли к выводу, что на расстрел его и остальных увезли со Шпалерной».

«Большинство исследователей заблуждаются. Часть осужденных по делу профессора Таганцева, всего 12 человек, 24 августа 1921 года, непосредственно перед казнью, перевезли в Петроградскую ЧК, на Гороховую, 2. А остальные 55 человек — те действительно остались на Шпалерной».

«Вы что-то путаете. 12 и 55 получается 67, а в списке казненных, сколько я помню, шестьдесят одна фамилия!»

«Приговоренных было 67. Но за 12 человек нашлись влиятельные ходатаи. В числе этих 12-ти в основном были ученые и один поэт. Решать судьбу каждого из них должен был лично особоуполномоченный ВЧК товарищ Агранов. Поэтому последнюю ночь эта группа горе-заговорщиков провела на Гороховой, в знаменитой «Комнате для приезжающих». Так называлось помещение на первом этаже, рядом с пропускным пунктом. Всех сковали наручниками по двое. В паре с Николаем Степановичем оказался профессор-антрополог Воскресенский, в прошлом выпускник духовной академии, некогда рукоположенный в сан, но потом ушедший в науку. Он-то и отпустил поэту грехи перед смертью».

Филолог вздрогнул и заморгал. Это известие потрясло его.

«Откуда вы знаете?! Из каких источников?!»

«При чем тут источники. Тех, кто был заперт в «Комнате для приезжающих», одного за другим уводили куда-то, а потом приводили обратно. Вернее сказать, кого-то приводили, а кто-то так и не вернулся. Шестерых технарей Агранов освободил от расстрела — они могли пригодиться народному хозяйству. Но люди, ждавшие в комнате, не знали, хорошо это или плохо — когда кто-то не вернулся. Так же вывели Гумилева. Он отсутствовал примерно полчаса. Когда его завели назад и снова приковали к товарищу по несчастью, поэт тихо сказал: «Теперь уж всё. Наклонитесь ко мне, прошу вас. Я хочу исповедаться и причаститься». Антрополог исполнил его желание. Так всё и произошло, уж можете мне верить».

«Подите вы знаете куда, Воланд доморощенный! — обозлился мужчина. — «И доказательств никаких не потребуется. Все просто: в белом плаще с кровавым подбоем...» Ничего вы не знаете! Нахватались фактов где-то, по случайности, а теперь морочите мне голову! И я, дурак, уши развесил!»

Этот взрыв эмоций ужасно насмешил «рыболова», он просто-таки ухихикался. То ли ему нравилось дразнить ученого филолога, то ли действительно рассказчик был уверен в точности своих сведений.

«С прямой речью я немного увлекся. Тут вы правы. Забыл, что пишу не для журнала «Караван историй». Что именно шепнул Николай Гумилев бывшему священнику, я, разумеется, не знаю. Но исповедь была. Об этом известно от командира Коммунарской роты, некоего товарища Бозе. Он был в ту ночь начальником караула и написал по начальству рапорт о возмутительном поведении «бывшего служителя культа». Это, кстати, стоило профессору Воскресенскому жизни. Несмотря на ходатайство Академии наук, его расстреляли несколько дней спустя».

Лысый не знал, верить или нет.

«Что-то я не припоминаю в деле никакого профессора-антрополога».

«Вы, наверное, не занимались так называемым заговором Таганцева подробно. Только непосредственно Гумилевым?»

«Да не было никакого заговора! Было брожение в интеллигентской среде, недовольство советской властью, обычные чеховские разговоры о том, что надобно дело делать. Таганцев был мечтатель. Он надеялся очеловечить власть Советов! Чего стоит договор, который он подписал в тюрьме с мерзавцем Аграновым! Назвать имена и адреса соучастников в обмен на гарантию помилования для всех, кого он включит в список. Бедняга был уверен, что это для них будет охранная грамота.

Креативщик

Уж этих-то, «разоружившихся», точно не расстреляют. То-то Агранов потешался! Что для большевика честное слово, хоть бы и письменное? Буржуазный предрассудок».

«Вы не вполне правы, — возразил «рыболов». — Я подробно изучил дело и могу со всей уверенностью сказать, что заговор был, и чрезвычайно искусный. Только затеял его, конечно, не профессор Таганцев, а Яков Агранов. После Кронштадтского мятежа власть очень беспокоилась за ситуацию в Петрограде, население которого в значительной степени состояло из «бывших». Нужно было как следует их припугнуть. Как потом писал сам Агранов с характерной для того времени метафоричностью, «70% петроградской интеллигенции были одной ногой в стане врага. Мы должны были эту ногу ожечь». То есть вся операция носила, так сказать, профилактический характер. Агранов, в ту пору начальник Секретно-оперативного отдела ВЧК, разработал многоступенчатую интригу. Он использовал провокаторов из числа беглых матросов-кронштадтцев и бывших офицеров. Они баламутили воду, создавая видимость антисоветской деятельности. Их задача была втянуть в этот водоворот как можно больше людей. Провокаторы отлично справились с заданием. В июле-августе ЧК арестовала больше 800 человек. Половину расстреляли или посадили. Половину, хорошенько припугнув, выпустили. Так что заговор удался на славу».

Филолог примолк, больше не возражал. Ободренный вниманием, «рыболов» закинул ногу на ногу и вкрадчиво проговорил:

«Может быть, я сниматель пыльцы и ловец рыбы в мутной воде, но у меня есть улов, ценность которого вы безусловно оцените. В 91-м году, после путча, как вы знаете, некоторое время можно было получить доступ в любой архив, даже самый засекреченный. Потом гэбуха опомнилась и снова все позакрывала. Но в те золотые для нашего брата денечки я нарыл один редкостной ценности документец. И до сих пор нигде еще его не опубликовал. Жду подходящего случая. Мне удалось порыться в бумагах Агранова, изъятых у него летом 37-го года во время ареста. Была у меня идея написать об этом субъекте книгу. Поразительно интересный персонаж. Этакий профессиональный ловец душ, приставленный бдить за интеллигенцией. Умный, изобретательный, по-своему талантливый. Друг и приятель всех даровитых литераторов. Факир, под дудочку которого извивались творцы-«попутчики». Сгорел в аппаратных интригах, вечная ему память».

«Как вы можете! Агранов был чудовищем! Надеюсь, его хорошенько помучили перед смертью!»

«Очень нехристианское суждение, — ехидно заметил «рыболов». — И вообще, по религиозной логике, если злодей сильно страдал, да еще принял мученическую смерть, это равносильно прижизненному искуплению грехов и гарантирует избавление от адского огня. А про вечную память я сказал намеренно. Мы вот забыли товарища Агранова, а зря. Про него в школе рассказывать надо. Тогда, может, у нас аграновы когда-нибудь и переведутся».

«Ладно-ладно, — проворчал лысый. — Не отвлекайтесь. Что вы там раскопали в бумагах чудесного Якова Сауловича?»

«Стенографическую запись его разговора с Гумилевым в ночь на 25 августа 1921 года. Запись велась не для протокола и в материалы дела не попала. Агранов был в городе на особом положении. Полномочный эмиссар центра, доверенное лицо Ленина и Дзержинского. Сам предгубчека товарищ Семенов ему в рот смотрел. Никого не удивляло, что особоуполномоченного повсюду сопровождает красивая барышня, его личная стенографистка. Агранов был заядлый селадон. Впоследствии Маяковский не напрасно будет ревновать к нему Лилю Брик. Прелестная стенографистка присутствовала на всех ключевых допросах, слово в слово записывая сказанное для личного архива своего начальника. Я видел этот архив — уже не особоуполномоченного ВЧК, а заместителя наркома Агранова. Там масса захватывающе интересных до-

Креативщик

кументов. Но жемчужина этой «частной коллекции» — запись разговора с «Гумилевым Н.С., бывшим дворянином, до ареста проживавшим по Преображенской ул., д 5/7, кв. 2». Зачем Агранову понадобилось регистрировать этот совершенно абстрактный, бесполезный для органов диалог, понять трудно... Но предположить могу. Он был любителем знаменитостей, этот славный Яков Саулович, а Гумилев безусловно мог считаться, выражаясь по-нынешнему, звездой первой величины. Возможно, Агранов тешил свое самолюбие, чувствовал себя Геростратом или Понтием Пилатом. Рук, впрочем, умывать не собирался, ответственности с себя не снимал. Совсем напротив. Товарищи чекисты не были чистоплюями и суда истории не страшились. Они ведь были уверены, что перепишут ее по-своему, на века».

«Вы сделали ксерокопию? — перебил филолог разглагольствования «рыболова». — Это документ огромной важности! И культурной, и исторической!»

«Какие ксерокопии в 91 году? Тогда аппаратов-то было всего ничего, а наш брат исследователь в гэбэшном архиве вообще находился на птичьих правах. Нас едва терпели. Можно было только делать выписки. Но у меня фотографическая память. Это профессиональное. Закрою глаза, сконцентрируюсь — и желтоватые страницы сами выплывают перед глазами».

«Ну так включайте свою фотографическую память! Только лапшу не вешайте. Я специалист, поймаю на любой мелочи».

Белоголовый снисходительно усмехнулся.

«Ловите, ловите... Только, вы уж не сердитесь, я позволю себе вставлять кое-какие описания. Для самого себя. Фотографическая память работает именно так: мысленно воссоздаешь происходящее, рисуешь всю картину и «оживляешь» ее, зрительно представляя участников. Тогда не просто видишь строчки, а словно слышишь голоса. И это уже навсегда. Как магнитофонная запись».

Он закрыл глаза, сжал пальцами виски. Филолог жадно на него смотрел. Но в это время на дорожке раздался скрип, и «рыболов» с досадой открыл глаза.

Девочка в клетчатой юбке и белых гольфах катила в кресле укутанного пледом дедушку. Хотела поставить рядом со скамейкой, но инвалид раздраженно сказал: «Сколько раз говорить! Не на солнце!»

Она вздохнула, перекатила его подальше, в тень, где журчал небольшой фонтан. Чмокнула в седую макушку, крикнула «Я скоро!» и убежала.

«Рыболов» снова сконцентрировался. И минуту спустя приступил к рассказу.

12:20

«Стало быть, Петроград, август, ночь. Гороховая, 2.

Я так и вижу этот кабинет, где вся обстановка осталась, как во времена царской полиции. Только вместо портрета государя императора на стене литография Робеспьера. Ее привез с собой московский начальник. Робеспьер его любимый герой.

В годы гражданской войны эти люди (во всяком случае, те из них, кто был пообразованней) очень любили подчеркивать свою схожесть с якобинцами и парижскими коммунарами. Это возвышало их в собственных глазах и придавало их революции *всемирность*. Не задворки Европы, не смута в азиатской империи, а великая эстафета борьбы пролетариата за свои права. Потом, к концу 20-х, эта аналогия вышла из моды. Слишком она получалась конфузной: та революция закончилась диктатурой маленького корсиканца, эта — диктатурой маленького грузина. Лучше было не заострять внимания трудящихся на этом обстоятельстве. Да и кончил корсиканец, как мы знаем, неважно.

Но до превращения революционной диктатуры в империю далеко. Советская власть пока совсем молода.

Креативщик

Хозяин кабинета тоже очень молод. Он приехал в город, еще недавно бывший блестящей европейской столицей, по сути дела, с неограниченными полномочиями, а ему всего 27 лет. Для революции обыкновенное явление. Сен-Жюсту, творившему расправу в Страсбурге, было на два года меньше. Эмиссару Комитета Общественного Спасения Жюльену де Пари, заставившему трепетать жирондистский Бордо, едва исполнилось восемнадцать. У нас же 24-летний Сергей Лазо командовал фронтом. А 20-летний Блюмкин заведовал в ЧК отделом по борьбе со шпионажем — тот самый Блюмкин, про которого ваш Гумилев с пиететом писал:

*Человек, среди толпы народа
Застреливший императорского посла,
Подошёл пожать мне руку,
Поблагодарить за мои стихи.*

Жить лучше всего в эпоху пожилую, прозаическую. А 21-й год — время молодое, *поэтическое*. И двое мужчин, разговаривавшие через широкий, покрытый бумагами стол, тоже были молодые поэты.

Вы не поднимайте брови. Агранов безусловно был в своем деле поэт и даже художник. Только его тексты принимали вид смертных приговоров, а картины были написаны кровью. По силе воздействия на умы и сердца — всем искусствам искусство. Ленин хорошо разбирался в деловых качествах своих соратников. Знал, кого приставить к столь тонкому делу, как надзор за творческой интеллигенцией. Сентиментальный наркомпрос Луначарский отвечал у Владимира Ильича за пряник, а кнутом заведовал демонический чекист Агранов.

У тоталитарной власти, которой хочется все живое подчинить своему контролю, творческие личности вызывают особое, болезненное любопытство. Во-первых, эти чудаки обладают трудноопределяемой, но несомненной властью над душами, то есть в некотором роде являются конкурентами. Во-вторых, при всей своей человеческой слабости и уязвимости, они непредсказуемы, как бы неуловимы. Взять эту бабочку за крылышки ничего не стоит, но это мало что дает. Крылышки ломаются, на пальцах остается волшебная пыльца — и бабочке конец. А хочется, чтобы она продолжала летать с цветка на цветок, но не по собственной прихоти. Полет должен проходить по линии, которую определяет партия.

Вся история советской культуры — сплошная ловля бабочек. ЦК и ЧК семьдесят лет гонялись с сачком за талантами. Одних по неуклюжести придавили. Других зацапали и, желая приручить, обломали им хрупкие крылышки. Большинство секретарей Союза писателей, столпов соцреализма, в ранней молодости были даровиты. Фадеев, Федин, Леонов, Тихонов, Асеев. Даже певец щита и меча Вадим Кожевников когда-то начинал с талантливой новеллистики.

С композиторами у власти получалось хуже. Музыка — стихия эфемерная. Вроде бы сочинил человек музыку про колхозников, как Прокофьев или тот же Шостакович. А про что этот «Светлый ручей» на самом деле, черт его разберет. Ну и вообще, по мере старения и ожирения советская власть утрачивала нюх и бдительность.

Яков Агранов был куда ярче своих преемников — «кумов» из Пятого управления и секретарей по идеологии. Человек любил свое дело, верил в него, работал творчески, с огоньком».

«Хватит рассуждений, переходите к стенограмме», — попросил филолог. Он как взял с самого начала ворчливый, подозрительный тон, так и не мог с него сойти, хоть звучало это крайне невежливо. «Рыболов», однако, не обижался. Он был в своей стихии: разглагольствовал перед заинтересованным слушателем, а прочее для него, кажется, не имело значения.

Креативщик

«Еще одно предварительное примечание. Маленький психологический нюанс, который нельзя упускать из виду.

Они оба, и Агранов, и Гумилев, очень некрасивы. Николай Степанович бесцветен, припухшие глазки, нескладно вылепленное лицо. Яков Саулович, несмотря на молодой возраст, уже обрюзг, нос у него кривоватый, уши оттопыренные, в грубо вьющихся волосах перхоть».

«Разве это важно?»

«Конечно. Ведь в углу за отдельным столиком сидит очень привлекательная девушка и вслушивается в каждое их слово. Разговор происходит в ее присутствии. Они оба про это помнят каждую секунду. А Гумилев очень остро сознает еще и то, что это, вероятно, последняя красивая женщина, которую он видит в своей жизни.

Поразительно, что в беседе тема приговора и казни вообще не затрагивается. А ведь Гумилев отлично знает: сейчас решается его участь. Он ни о чем не просит, не выказывает суетливости, страха. Этакий ленивый диалог на абстрактную тему. Тут есть какое-то досадное, но восхитительное мальчишество. Неважно, что будет потом, — важно, как ты выглядишь перед другими и перед самим собой в данную минуту. Таково все поведение бедного Николая Степановича в деле о заговоре. Что-то импозантное наобещал, потом таинственно намекнул, потом небрежно похвастался, на допросах считал недостойным юлить. Негибкий, гордый человек. Не расстреляли бы в 21-м, все равно долго бы не прожил.

С вершителем своей судьбы, страшным особоуполномоченным из Москвы, он разговаривает, будто со случайным попутчиком в вагоне. Еще раз замечу: в присутствии безмолвной, но прекрасной барышни.

Только в самом начале собеседники касаются главного, и то по инициативе Агранова. Этот скрипач знал, как нужно исполнять пиццикато на струнах человеческой души.

Первая фраза после обязательной преамбулы (имя, возраст, род занятий — как будто Агранов всего этого не знал) в стенограмме такая:

— Суд приговорил вас к расстрелу как «явного врага народа и рабоче-крестьянской революции». Однако за вас ходатайствуют очень влиятельные люди.

Это чтобы в допрашиваемом пробудилась и затрепетала надежда.

ГУМИЛЕВ: Верно, Горький?

Уверен, что он спросил это предельно небрежным тоном, будто о пустяке.

АГРАНОВ: Я же сказал «влиятельные». А господин Пешков в последнее время ведет себя так глупо, что его ходатайство вряд ли пошло бы на пользу дела. Особенно такого.

Здесь бы, после слов «особенно такого», наверняка произнесенных с нажимом, осужденному начать допытываться дальше, но Гумилев молчит да, полагаю, еще и пожимает плечами. Мол, не хотите — не говорите, мне-то что.

Как известно, за него пробовал заступиться Луначарский, к которому среди ночи приходила Мария Федоровна Андреева. Но Ленин сказал наркому просвещения: «Мы не можем целовать руку, поднятую против нас» — и оставил вопрос «на усмотрение петроградских товарищей». То есть Якова Агранова, который, таким образом, был волен казнить или миловать первого поэта России.

А вот теперь наступает самое интересное.

АГРАНОВ: У вас есть ко мне вопросы?

Подсказал, стало быть. Не выдержал паузы. Решил проверить поэта-романтика и георгиевского кавалера на крепость.

ГУМИЛЕВ: Есть. Вы ведь давно служите в ЧК?

АГРАНОВ: Два с лишним года. А что?

ГУМИЛЕВ: По роду своей деятельности вы должны были хорошо изучить человеческую натуру. Вероятно, эти два года стоят двадцати. Вы, я полагаю, чувствуете себя гораздо старее своего возраста.

Представляю, как от таких речей у Якова Сауловича поползли его густые брови. А Николай Степанович, должно быть, чуть-чуть покосился своим знаменитым прищуренным взглядом в сторону, на скрипящую карандашом девушку: «Ну что? Каков я?»

АГРАНОВ: Тонкое замечание. Делает честь вашей проницательности. Иногда мне кажется, что мне сто лет. Или двести. Человеков я действительно изучил во всей их красе.

ГУМИЛЕВ: Ну и как вам они, человеки?

Такой досужий разговор двух небожителей, взирающих с Олимпа на букашек, что ползают внизу, в прахе. А ведь один из собеседников завтра сам станет прахом...

АГРАНОВ: Материал дрянь. Сырая глина. Прежде чем строить из нее новый мир, надо еще превратить ее в кирпичи. Сформовать, обжечь, вычистить из душонок мусор. Большая работа, грязная. Но мы, чекисты-большевики, ни работы, ни грязи не боимся. Тем и сильны.

ГУМИЛЕВ: Тем вы и сильны. Это так. Но этим же и слабы.

АГРАНОВ: Что за софистика?

ГУМИЛЕВ: Не софистика. Ваша профессия дает вам возможность видеть человека только снизу. И вам кажется: это всё, что в нем есть. Страх, слезы, мольбы о пощаде, предательство, вранье. Должно быть, вас как профессионала человек интересует только с одной точки зрения. Где в данном субъекте слабина, где пункт разлома, на который нужно надавить, чтобы ларчик открылся. Но, наверное, бывают ларчики из стали, которые не открываются?

АГРАНОВ: Редко, но бывают. Их мы уничтожаем безо всякой пощады. Вы такой?

Здесь стенографистка помечает: «Долгая пауза». Должно быть, арестанту очень хотелось сказать: «Да, такой». Но в первую секунду не сказал, а потом было поздно. Раз сразу не ответил, значит, не такой уж он стальной.

ГУМИЛЕВ: Я весь — разлом и раскол. Иначе я не был бы поэт... Скажите, если уж у нас такой откровенный разговор... Вероятно, последний в моей жизни?

Здесь примечателен знак вопроса, который барышня поставила в конце фразы. Похоже, что голос у мужественного человека все-таки дрогнул. И дальше снова написано: «Пауза». Могу себе представить, как наслаждался ею товарищ Агранов. Он, сволочь, сделал вид, что вопросительной интонации не расслышал. Во всяком случае, на подразумеваемый вопрос не ответил.

АГРАНОВ: Слушаю вас. Что вы замолчали?

ГУМИЛЕВ: Вы лично знакомы с Лениным?

АГРАНОВ: Что? (Удивился, я думаю. Не ждал нового поворота.) Да, я хорошо знаю Ильича. Одно время я был его секретарем.

ГУМИЛЕВ: Он никого не допрашивает, очных ставок не устраивает, расстрелом не угрожает. Взгляд на людей у него должен быть шире, чем у особоуполномоченного ЧК. Что для Ленина люди?

АГРАНОВ: Смотря какие. Владимир Ильич посвятил всю свою жизнь борьбе за счастье пролетариата. Враги пролетариата для него не люди. Это и называется «классовая мораль».

ГУМИЛЕВ: Он презирает людей?

АГРАНОВ: Он... знает им цену. Каждому из тех, кто его окружает.

ГУМИЛЕВ: Я так и думал. Это ужасно.

АГРАНОВ: Что ужасно? Знать истинную цену конкретного человека?

ГУМИЛЕВ: И это тоже. Потому что у человека цены нет. Однако еще ужасней, что он судит о человечестве по тем, кто его окружает.

АГРАНОВ: В вашем положении я бы был осторожнее с контрреволюционными высказываниями.

ГУМИЛЕВ: Я не имел в виду ничего контрреволюционного. При царе было то же самое. Всякий самодержец, как бы он ни назывался — пускай предсовнаркома, неважно, — очень скоро оказывается окружен людьми самого скверного сорта. Диктаторы не выносят упрямцев, спорщиков, людей с чувством собственного достоинства. Такие соратники полезны и даже незаменимы на пути к власти, однако, когда власть уже захвачена, гораздо удобнее иметь в непосредственном окружении людей покладистых. Они моментально облепляют трон победителя. Они ловки, гибки, необидчивы, услужливы. Через некоторое время они оттесняют прежних товарищей. Или те становятся такими же, чтобы не потерять своего положения. Так или иначе, вскоре властитель оказывается со всех сторон окружен людьми низкими. По ним он и судит о человечестве в целом, а других людей он больше не встречает. Ведь тот, кто наделен самоуважением, не станет толкаться в передней. Даже если он идейный союзник вашего предсовнаркома.

Из всего этого Агранов ухватил только одно.

АГРАНОВ: Не пытайтесь прикинуться попутчиком советской власти. Поздно.

ГУМИЛЕВ: Да я, собственно, не о себе говорил.

АГРАНОВ: Разумеется. Вы гений. Бог! Это вы сами смотрите на род людской с презрением. Плевать вам с ваших облаков на простого человека. Потому что он груб, неумыт и вместо ваших изысканных творений горланит частушки Демьяна Бедного!

Разозлился особоуполномоченный, это очевидно. И я догадываюсь, на что именно. Неправильно истолковав фразу об «идейном союзнике», он было возликовал: сейчас этот гордец начнет вилять и лебезить. Оказывается, ошибка вышла.

ГУМИЛЕВ: Я вовсе не...

АГРАНОВ: Вы считаете себя гением, не правда ли? Прыщавые юнцы и восторженные девицы, которым вы морочите голову на своих семинарах, поддерживают вас в этом суждении. Ах, «Я конквиста́дор в панцире железном, я весело преследую звезду»! Ах, «Мы прекрасны и могучи, молодые короли»! Не скрою, мне эти стихи тоже нравятся. Сильные стихи! Вы крупный талант, Гумилев. Вот и ваши заступники пишут про вас в коллективном письме... Сейчас... Вот: «Ввиду высокого его значения для русской литературы...тра-та-та... об освобождении Н.С. Гумилева под наше поручительство». Как будто «высокое значение для русской литературы» — это смягчающее обстоятельство!

ГУМИЛЕВ: Разве нет?

АГРАНОВ: Да они вас своим ходатайством к стенке ставят! У нас были сомнения, как с вами поступить, но визгливый хор всех этих защитников вправил нам мозги. «Не трогайте его, он гений! Солнце русской поэзии! Из талантов талант!» Мы, большевики, доверяем мнению специалистов. Раз они говорят «талант», стало быть, так и есть. Но вам от этого только хуже.

ГУМИЛЕВ: Почему? Я был искренен, когда сказал следователю, что разоружился перед советской властью.

АГРАНОВ: Ваше оружие — ваш талант.

ГУМИЛЕВ: Если у меня и есть талант, то принадлежит он не мне, а Богу. И я не волен распоряжаться им по своей прихоти.

АГРАНОВ: Вот-вот! В том и штука. Ваш талант принадлежит вашему богу. Ваш бог не позволит вам использовать талант на пользу рабоче-крестьянского дела. А всякий талант, который работает не на нас, обречен работать против нас. И потому талантливость является не смягчающим, а отягощающим вину обстоятельством. Если зло совершается вдохновенно и талантливо, это во сто крат хуже, чем если бы его творили бездарно. Предположим, грабитель банков проявляет в своем преступном ремесле недюжинный талант. Что ж ему за это, поблажки делать? А вы, литераторы, способны нанести обществу куда больший вред, чем какой-нибудь бандюга.

ГУМИЛЕВ: Зачем вы меня сюда вызвали? Чтобы все это сказать? Чего ради тратить время?

АГРАНОВ: У меня время есть. Зато у вас его больше не осталось. Нина, всё записала? Увести!»

Креативщик

«Рыболов» сам на себя удивился:

«Оказывается, стенографистку звали Ниной! Я совершенно забыл. А теперь выплыло. Всё, на этом запись странного допроса заканчивается. Интересно, правда?»

Лысый мужчина слушал рассказ, давно уж позабыв о первоначальном скептицизме.

«Вы должны повторить еще раз текст стенограммы. Я запишу! Тут драгоценно каждое слово! — сказал он взволнованно.— На диктофон. Если все это... Вы не имели права столько лет утаивать такое важное свидетельство от публики! Как вас все-таки зовут? Где именно хранится личный фонд Агранова? Мало ли, что он засекречен. Тут нет никакой государственной тайны! Этот документ имеет огромную культурно-историческую ценность. Один мой коллега вхож к Матвиенко. Нужно попробовать через нее. Уверен, она поможет! А если нет, найдем другой ход!... Да включайся же ты, черт тебя дери!»

Он говорил сбивчиво, сыпал идеями и вопросами, не дожидаясь ответа, а сам пытался включить диктофон на мобильном телефоне.

«Аккумулятор сел! Что за мистика! Я только вчера его подзарядил!»

«Бывает. — «Рыболов» слегка зевнул — как это делают воспитанные люди, то есть не размыкая губ и лишь слегка раздув ноздри. — Они всегда садятся в самый неподходящий момент».

«Здесь на углу салон связи. Я куплю новый аккумулятор. Пойдемте!»

Филолог вскочил.

«Идите-идите. Я посижу».

Любопытство, с которым «рыболов» впился в нового слушателя, испарилось без следа. Он больше не смотрел на лысого мужчину. Озирался вокруг, поглядывая на прохожих.

«Вы не уйдете? — робко спросил филолог. — Я вернусь через десять минут».

Анна Борисова

«Слово «рыболова». Буду сидеть, как приклеенный».

Ободренный обещанием, мужчина быстро пошел, почти побежал по аллее. Перед тем, как повернуть на дорожку, что вела к выходу из парка, он обернулся — и остолбенел.

Скамейка была пуста. Позабытая (а может быть, оставленная за ненадобностью) трость поблескивала рогатым серебряным набалдашником.

12:55

Филолог поразился бы еще больше, если б видел, какую штуку вытворил незнакомец, едва остался один.

Он вскочил на ноги, развернулся вокруг собственной оси на каблуке, потом подпрыгнул, шутовски передернув в воздухе ногами, и с подскоком улепетнул в ближайшие кусты.

В зарослях он пропартизанил, однако, недолго. Прошел, раздвигая ветки, метров сорок или пятьдесят, а потом его окликнули.

«Простите, можно вас на секунду?»

Кто-то, находившийся по ту сторону живой изгороди, услышал хруст сучьев и позвал невидимого прохожего.

И тот немедленно высунул из зелени свою беловолосую голову.

Оказалось, что звал его инвалид в кресле — которого внучка прикатила в тень и там оставила. Рядом журчал маленький фонтан: черный бронзовый мальчик выдавливал из утки струю воды.

«Молодой человек, не могли бы вы переместить меня под те деревья? Тень ушла, голову печет. Если вас не затруднит».

«С удовольствием».

Альбинос не удивился, что его аттестовали «молодым человеком». Теперь, особенно по контрасту с немощным старцем, он в самом деле выглядел молодым и свежим. Их за-

Креативщик

просто можно было принять за престарелого родителя и сына, причем не из ранних детей. И волосы у него — в ярком солнечном свете на этот счет не оставалось сомнений — были именно что белые, а не седые.

«Внучка моя вертихвостка, — ворчал дед, пока его катили. — «Я скоро» — и пропала. Вечно одно и то же! Пожалуйста, раз уж вы такой добрый самарянин, отвезите меня подальше, вон к дубу. Оттуда тень уж точно не уйдет. Мне с моим давлением солнце совершенно без интересу. Прав Екклесиаст: ничего там, под солнцем, нового нет».

Сказано было в шутку, но «самарянин» ответил очень серьезно:

«Ошибочное суждение. И между прочим, вредное. Под солнцем нет-нет да и происходит что-нибудь новое».

Старец запрокинул голову, чтобы получше рассмотреть своего благодетеля.

«Э-э, голубчик. Вам сколько лет? Максимум сорок. Уж поверьте восьмидесятилетней руине. Прав царь иерусалимский. Что было, то и будет. Что делалось, то и будет делаться, и нет ничего, абсолютно ничегошеньки нового под солнцем. Как это там? «Бывает нечто, о чем говорят: «смотри, вот это новое»; но это было уже в веках, бывших прежде нас».

«Было. За одним исключением».

«Каким, позвольте спросить?»

«В веках не было нас с вами».

Они уже были под огромным ветвистым дубом, на котором совсем недавно распустились до безвкусия яркие листочки — будто кто-то размалевал старое-престарое, морщинистое лицо хулиганским макияжем.

Инвалид сдвинул рычаг на кресле, чтобы развернуться к собеседнику.

«Что вы хотите этим сказать?»

«Нет ничего нового под солнцем, кроме каждого отдельного человека. Например, вас. А значит, всё под солнцем новое. Вы родились — и мир обогатился на одну душу. Вы умерли — мир вас лишился».

Сидящий печально усмехнулся.

«Сомневаюсь. Ничем особенным мир благодаря мне не обогатился и ничего особенного не лишится, когда меня не станет. Я в последнее время вот о чём думаю. Поразительно, как мало успевает понять человек о жизни и о себе самом. Даже если дожил до глубокой старости. Сколько мне осталось-то? С полморковки. А ведь я почти ничего не знаю. Кто я? Какой я? Что всё это значило и зачем оно было? Столько вокруг всего происходило неочевидного и значительного, а я, вместо того чтоб внимательно смотреть и слушать, 80 лет отвлекался на ерунду. Всё проморгал, прохлопал. Как в школе. Вроде отсидел за партой, сколько положено, но на уроках дрых да лоботрясничал. Так троечником и уйду в большой мир. В смысле, на тот свет. Сейчас вот и хотел бы что-то поправить, а поздно. Инсульт-батюшка, гипертония-матушка. Не жизнь, а сплошной памперс...»

Он говорил неторопливо, раздумчиво. Видел, что «молодой человек» никуда не спешит. А тот слушал да кивал, будто все это было ему хорошо знакомо.

«Это вы где-то с дорожки соскочили, — сказал он сочувственно. — Обычная история. В вашем возрасте, да после инсульта поправить что-то трудно. Не кома, конечно. Теоретическая возможность остаётся, но скорей всего вы свой шанс уже упустили».

«Шанс на что? С какой это дорожки я соскочил?»

«Помните, раньше были пластинки со звуковыми дорожками?»

«И что?»

«Вот так же устроена человеческая жизнь».

Сидящий подумал-подумал и покачал головой.

«Не понимаю вашей аллегории. Объясните».

«А это не аллегория. Установленный и научно задокументированный факт. Правда, пока малоисследованный. У вас дежа-вю случаются?»

Креативщик

«Бывало иногда. Как у всех. Ничего загадочного в этом явлении нет. Я читал, что дежа-вю — один из симптомов переутомления. Аномалия памяти. Мозг цепляется за какую-нибудь мелкую деталь и выхватывает из подсознания внешне сходную ситуацию из прошлого. И возникает иллюзорное ощущение уже виденного».

«Чушь! — Стоящий поморщился. — Людям свойственно выдумывать для непонятных явлений упрощенные объяснения. Это как дикие племена Меланезии, которые объясняли заход солнца тем, что его проглатывает Ночная Акула. Потом ныряет на другой конец моря и выплевывает обратно. Дежа-вю никакая не аномалия памяти, совсем наоборот. — Беловолосый плотоядно улыбнулся, будто приготовился чем-то полакомиться. — Видите ли, жизнь каждого человека представляет собой нечто вроде мелодии. При том, что сложена она, условно говоря, из тех же универсальных семи нот, эта мелодия единственная и неповторимая. Второй такой ни у кого больше не было и не будет. Путь от рождения до смерти удобно сравнить со звуковой дорожкой на пластинке. «Здесь и сейчас» — это иголка, которая соприкасается с дорожкой в данный момент и производит звук. Он-то, собственно, и есть жизнь. Теория возникла в семидесятые годы, до всяких си-ди и эм-пи, отсюда и «пластиночная» терминология. Сейчас придумали бы какой-нибудь компьютерный термин».

«Нет-нет, звуковая дорожка — это красиво. Даже романтично».

«Главное, точно передает суть. Понимаете, очень мало кому из живущих удается доиграть свою мелодию до конца. Где-то на пути — у кого раньше, у кого позже — иголка соскакивает. Образно выражаясь, попадает на пылинку, на царапину — и привет. Музыка плывет, фальшивит, иголка начинает ходить по одному и тому же кругу. Происходит так называемый «эффект заезженной пластинки». Это значит, что жизнь не удалась. Мелодия испорчена. И Бог берет, ставит иголку сначала. Дает душе новый шанс. Второй раз, десятый, тысячный. Пока опасное место не будет благополучно пройдено и мелодия не зазвучит дальше. Там, правда, снова может случиться сбой, и всё повторится. Но шансов у каждого из нас неограниченное количество. А когда доведешь свою мелодию до финала, не сбившись и не сфальшивив, хождение по кругу закончится. И будет что-то иное. Нам не дано знать, что именно».

«Похоже на буддизм с его учением о сансаре», — заметил паралитик.

«Похоже, да не совсем. Реинкарнаций в иные существа, букашки-таракашки, не бывает. Каждый из нас все время проживает одну и ту же жизнь, до мельчайших деталей. Вы вот Екклесиаста цитировали. Он там чуть дальше грамотную вещь говорит: «Нет памяти о прежнем; да и о том, что будет, не останется памяти у тех, которые будут после». Так сказано в каноническом русском тексте, но это ошибка перевода. В оригинале чуть иначе: «не останется памяти у ТОГО, КОТОРЫЙ БУДЕТ после». Единственное число. То есть у вас в вашем следующем рождении не будет памяти о прошлом. А там, в прежней жизни, непременно был некий ключевой момент, когда вы сделали что-то не то. Или, наоборот, чего-то необходимого не сделали. Иголка соскочила с дорожки. После этого вы кое-как доскрипели до смерти, и Бог завел вас по-новой».

«Насколько я понимаю, вы человек религиозный? Верите в Бога?»

«Странный вопрос. Не верить в Бога — все равно что прятать голову в песок», — с великолепной небрежностью обронил более молодой собеседник, словно час назад, в разговоре с лысым филологом, не издевался над религиозностью.

Человек в коляске задумался.

«По-вашему, выходит, мы рождаемся в разные эпохи снова и снова?»

Креативщик

«Да ни в какие не в разные! Всё время в одну и ту же эпоху, в одних и тех же обстоятельствах. Вы смотрели фильм «День сурка»?»

«Нет».

«Чёрт... Как бы вам попонятней объяснить? Судя по всему, Время совсем не такое, как нам представляется. Оно не линейно, не движется постоянно из прошлого в будущее, а ходит по кругу. Этот круг и есть разъезженная «звуковая дорожка». Чтобы соскочить с этой заколдованной траектории, нужно чисто исполнить свою мелодию. Тогда вырвешься из тюрьмы Времени. Но мелодия жизни сложна, а иголка очень чувствительна. Поэтому мы снова и снова срываемся».

«Скажите, а можно установить, в какой именно миг прежней жизни ты «соскочил со звуковой дорожки»?»

Кажется, паралитика всерьез заинтересовала необычная теория.

«Не можно, а нужно! Совершенно необходимо! Всё, что произошло в жизни, фиксируется подсознанием. Там остается некий след. Вроде подсказки для следующего рождения. Иногда подсказка выплывает в виде так называемого «вещего сна» (этот феномен наукой совершенно не изучен). Но чаще в виде дежа-вю, которое у нас, профессионалов, называют более корректным термином дежа-веку, «уже прожитое». Ведь ощущение повтора не обязательно сопряжено со зрительными образами — это может быть звук, запах, эмоция».

«Вы сказали «у нас, профессионалов»? У кого это «у нас»?»

«Я не член религиозной секты, как вы могли бы подумать. Я практикующий гештальтист. Гештальт-терапевт».

«Я слышал это слово, но не очень четко себе представляю... Это что-то вроде психоанализа?»

«Только в том смысле, что мы тоже помогаем пациенту разобраться в устройстве его психики. Но наша цель более прагматична. Мы помогаем человеку достичь психологического прогресса через правильное отношение к настоящему, без убегания в прошлое или будущее. Правильно жить означает внимательно следить за пресловутой иголкой, которая рождает звук вашей мелодии. Сам термин «гештальт» означает «психическая структура личности», во всем ее многообразии. Внутри гештальт-терапии существует особое, экспериментальное направление, к которому я и принадлежу. Оно называется «ретурнизм». Вы знаете, что такое point of return, «точка возврата»?»

«Конечно. Я в прошлом авиационщик. «Точка возврата» — это крайняя точка, с которой самолету хватит горючего вернуться туда, откуда он вылетел».

«Правда? Не знал. А у нас этим термином обозначается нечто совсем иное. Неразрешенная ситуация из прежней жизни. Сбой мелодии. Червоточина, которая подтачивает человека изнутри. Именно на этой точке «иголка» и соскочила. Туда и следует вернуться, чтобы не повторять ошибки. Если даже опасный поворот уже миновал и шанс упущен, установить его — большая победа. Память об этом открытии сохранится в подсознании и поможет в следующей жизни. Главное же — появляется возможность что-то исправить и в нынешнем существовании. Мы называем это «вернуть мелодию». Чтобы «иголка» скрежетнула и перескочила на правильную звуковую «дорожку». Это трудно, но осуществимо. Лучшая на свете поговорка: «Пока живу — надеюсь». Мы, ретурнисты, помогаем клиентам обнаружить «точку возврата». Это куда важнее психоанализа».

Паралитик сглотнул. Он был взволнован.

«А как записаться к вам на прием? Это, наверно, очень дорого?»

Ретурнист растянул губы в профессиональной улыбке.

«Один сеанс — 100 у.е. Медицинская страховка, к сожалению, на гештальт-анализ не распространяется».

«Сто у.е.! Ничего себе!»

«Я же не сам назначаю таксу, — терапевт развел руками. — Это решают менеджеры».

«А из скольких сеансов состоит курс?»

Креативщик

«Это очень индивидуально. Подробный рассказ о прожитой жизни, с двадцатью четырьмя вопросниками, проверочными тестами, сессиями психорелаксации — это, в зависимости от возраста пациента, три—шесть сеансов. Потом можно приступать к поиску. Иногда, впрочем, «точка возврата» определяется сразу, на первой же консультации. Если пациент сам знает, где его жизнь «засбоила», и это его гложет. Но иногда приходится здорово покопаться. Например, один писатель, довольно известный (имени, естественно, не называю) двадцать пять лет назад не сделал некий телефонный звонок. И это его подломило. Потом всю жизнь он крутился на холостом ходу, не написал больше ничего стоящего, хотя когда-то слыл талантом. Неприятное воспоминание он давным-давно не то чтобы совсем вытеснил из памяти, но очень глубоко зарыл, да еще нарочно снизил и обесценил. Одиннадцать сеансов я с ним промучился, но в конце концов дорылись. Очень помогает локализация всех эпизодов дежа-веку. Самый ценный материал. Вот на днях у меня был поразительно интересный случай. Хотите, расскажу? Чтоб вы себе лучше представляли, как мы работаем».

«Очень хочу!»

Если ретурнист хотел заинтриговать слушателя, ему это удалось. Инвалид смотрел на него с надеждой и испугом, боясь пропустить хоть слово.

«Минутку... — Из кармана пиджака гештальтист вынул все тот же электронный блокнот, побродил по меню. — Я веду записи, для памяти. Помечаю самое существенное. А, вот: «Екклесиаст». Какое, между прочим, совпадение! Мы тут с вами поминали царя иерусалимского, а этот пациент у меня проходит под таким же кодовым именем. Сейчас поймете, почему я его так назвал...»

«Зачем это — кодовое имя?»

«Ну как же! Гештальт-исследование — штука очень деликатная. Мы гарантируем полную анонимность. На карте пациента подлинное имя не ставится. И потом, у нас иногда бывают групповые сеансы. Там у всех прозвища».

«Понятно. Вы рассказывайте».

«У этого пациента симптоматика дежа-векю была выражена в необычайно развитой, почти патологической степени. Он и сам считал эту особенность своей психики аномальной. Даже пробовал лечиться у традиционных психотерапевтов, но они признали его совершенно здоровым. В конце концов он попал ко мне. У среднестатистического человека эффект «уже прожитого» случается раз в несколько месяцев. Мой Екклесиаст испытывал это ощущение каждый вечер, перед погружением в сон. Такое, знаете, отчётливое чувство, что *день был прожит не первый раз*. Это мучило пациента. С годами у него образовалось нечто типа навязчивой идеи. Он мечтал хоть однажды уснуть с «ощущением свежести» (это его собственное выражение). Но не получалось.

Из-за этого Екклесиаст совершил в жизни несколько нетипичных для его характера поступков (он их называл «зигзаги»). Иногда без какой-либо внятной цели. Просто чтобы выбраться из разъезженной колеи, избавиться от навязчивого привкуса вторичности — этого самого «нет ничего нового под солнцем». Так, в юности он дважды переходил из института в институт. Добровольно пошёл на срочную службу в армию. Один раз добился перевода на работу в другой город. А пару лет назад совершил самый отчаянный поступок. До сих пор не может поверить, что решился. По натуре Екклесиаст типичный такой соглашатель, ненавидит прямые конфликты и лобовые столкновения. Мягкий человек. В семье чувствовал себя комфортно в роли ведомого. Жена у него была для такого склада личности идеальная — дама с характером, доминирующего типа. Как это часто бывает с подкаблучниками, Екклесиаст в качестве психологической компенсации имел длительную связь на стороне. С одной коллегой, его подчинённой. Классическая ситуация «Осеннего марафона». Имитация полноценной эмоциональной жизни на стыке двух стрессовых зон. С одной стороны, страх разоблачения, с другой — моральные обязательства и жалость.

Однажды возвращается он домой от любовницы, что-то такое врет, а жена ловит его на несостыковках, впадает в истерику и по щеке, по щеке. Раньше у них до такого не доходило. Покричали оба, она поплакала, легли спать порознь. Самое поразительное, что он, по его словам, во время этой безобразной сцены испытывал странный подъем. Вертелась у него в голове мысль: вот этого со мной точно никогда не было — чтоб наотмашь по физиономии справа, а потом слева. Лег он на диване, закрыл глаза. Какие-то предсонные видения, замедление работы сознания. Вдруг — щелк! И ярчайшее дежа-веку. Ладонь жены, бьющая его по щеке. И снова, и снова! У нас это называется «эхом». Оказывается, и безобразный скандал с благоверной уже был!

С Екклесиаста сон как рукой сняло. Говорит, всё дальнейшее произошло совершенно спонтанно. Он встал, оделся. Зашел в спальню к жене. Сказал: «Прощай. Я ухожу». Начала кричать — с силой оттолкнул ее. Она от изумления потеряла дар речи. Он побросал в чемодан вещи — и к любовнице. Горд был несказанно. Не ожидал от себя такой решительности.

Проговорили они с любовницей полночи. Строили планы на будущее. Выпили. Ну и все такое. Оба счастливы, каждый по своей причине. Наконец, собрались спать. Она протягивает руку к ночнику — и Екклесиаст внезапно понимает: сейчас она скажет «какое, оказывается, счастье — просто тушить свет». Она говорит: «Какое, оказывается, счастье — просто тушить свет». Лампа гаснет.

Екклесиаст сжал виски пальцами и заплакал. А утром вместо работы отправился в нашу клинику.

Бился я с ним... сейчас скажу... тридцать семь сеансов, по одному в неделю. Я даже к гипнозу прибегал, чтобы вызвать из подкорки какие-то глубоко запрятанные воспоминания. Ничего. Холодно!

Я уж стал ему внушать, что, возможно, его «точка возврата» еще впереди. Такое тоже возможно. Надо, мол, быть начеку и не сплоховать, когда наступит решающий момент. Жалко же человека! Немалые деньги тратит, чуть не год промучились, а толку ноль. Все равно каждый вечер, как штык, у него дежа-векю. Этого не случалось, только если сильно выпьет. Другой бы на его месте спился, но Екклесиасту злоупотреблять алкоголем не позволяло здоровье. Желудок у него слабый.

Вдруг что-то случается.

Пропустил он назначенное рандеву. Не позвонил. Я его не тереблю. Мало ли что? Мог бы, конечно, попрощаться из вежливости. Но, с другой стороны, благодарить ему меня особенно не за что.

Позвонила ему наша секретарша. У нас в клинике так принято. Все ли, мол, у вас в порядке. Не желаете ли переназначиться.

Приду, говорит он. В последний раз.

И приходит.

Я смотрю на него — не узнаю. Вроде тот человек, а вроде не тот. Держится иначе, выглядит иначе, иначе говорит.

То, что он мне рассказал, я потом специально с диктофона расшифровал. Думаю использовать для доклада на конференции.

Хотите, прочту?»

«Конечно, хочу. Читайте!»

13:40

«Первую часть беседы я не фиксировал. Поэтому начало тут немного сумбурное, запись идет с середины фразы.

— ...третий день ничего! Вообще ничего. Просто засыпаю, и всё. Такое странное чувство! Словно идешь по весеннему льду. Каждый шаг может стать последним. Страшно и весе-

Креативщик

ло. Вроде крах всей жизни, да? Не знаю, что теперь со мной будет, а внутри всё поет. Будто мне шестнадцать лет и всё впереди: выбор профессии, выбор спутницы жизни... Вообще-то так оно и есть. Со спутницей, похоже, финал. Профессию тоже придется менять. Это уж точно».

Ретурнист оторвался от блокнота.

«Тут надо объяснить.

Екклесиаст — юрист, судья горсуда. Ну, вы знаете, в каком состоянии у нас сейчас суды. Там полно взяточников, даже вымогателей, но мой клиент, можно сказать, был из лучших. Не борец с системой, не преобразователь (иначе давно вылетел бы со службы), но человек порядочный, компетентный. Старается не пачкаться. Ведь каждому нужен базис для самоуважения. Один уважает себя за то, что совершает какие-то поступки; другой — за то, что каких-то поступков не совершает. Я знавал одного инспектора ДПС, который гордился тем, что всегда дает сдачу, если водитель с перепугу сунул ему больше нужного.

Мой пациент уважал себя за то, что никогда не берет на лапу и, если есть такая возможность, судит в меру своего понимания справедливости. В горсуде он был на особом положении. Ему давали только всякие «невыгодные» дела, на которых не наживешься и не выслужишься. Это отлично устраивало и его, и начальство. В нормально функционирующей судебной системе Екклесиаст был бы идеальным служителем правосудия, ну а при нашей — так, ни рыба, ни мясо. Классический адепт «теории малых дел». Когда можно сделать что-то хорошее, не портя себе жизнь, делает. Когда нельзя, скрипит зубами, но выполняет волю руководства. Иногда ему все-таки приходилось участвовать в разных, как он говорит, «несимпатичных» делах. Правда, не в качестве председателя, а в составе коллегии. Видел, что всё проплачено, что вердикт вынесен заранее, но помалкивал. Если уж совсем неприличное что-то, пробовал спорить. Не в зале, конечно, а в судейской комнате, кулуарно. Его вежливо выслушивали, вежливо возражали, и он всякий раз затыкался. На принцип не шел. Потому что все равно один человек системы не изменит, плетью обуха не перешибешь, так уж устроен мир — и так далее, и так далее.

Но это всё были дела экономические, когда речь идет о собственности, о деньгах. А тут вдруг Екклесиаста назначили заседателем на процесс по делу, где на карту была поставлена жизнь. Дело крупное, шумное. И в газетах о нем писали, и по радио говорили. Даже по телевизору пару раз мелькнуло. Вы наверняка тоже хоть краем уха да слышали».

«Я не слежу за новостями. Мой интерес теперь, как говорится, подыскивать участок посуше», — печально пошутил инвалид.

«Ну неважно. Если коротко, там сильные люди затеяли отбирать компанию у одного предпринимателя. То ли он кому-то дорогу перебежал, то ли просто компания очень уж аппетитная. В общем, взяли мужика за уклонение от налогов — как это всегда делают в таких случаях. Он сидит в следственном изоляторе, но улик против него маловато. Прокуратура тогда начинает цеплять его сотрудников, чтоб дали показания. Некоторых для острастки тоже привлекли, содержат под стражей. Но ребята оказались крепкие. Не идут на контакт. Или, может, у них там на самом деле все чисто. Хотя это, сами понимаете, большого значения не имеет. И вдруг повезло следователям. У одного из ближайших помощников предпринимателя обнаруживается рак, в предпоследней стадии. Ему надо срочно лечиться, жизнь спасать. А он в камере. Ему предлагают сделку: даешь показания — и свободен. Лечись хоть за границей, спасай свою молодую жизнь, мы же не звери.

И что вы думаете? Больной этот отказывается. Зачем, говорит, мне такая жизнь, если я себя буду сволочью чувствовать. Такой, представьте себе, болван.

Защита, естественно, собирает медицинские справки, подает в суд ходатайство на изменение меры пресечения.

Креативщик

Адвокаты понимают, что ни черта из этого не выйдет, но такая у них работа.

И вот мой Екклесиаст попадает, как кур в ощип, на рассмотрение этого несчастного ходатайства. То есть, кажется, рассматривали уже апелляцию в горсуд на отказ в удовлетворении. Короче говоря, заболел там один из членов судейской коллегии, а больше назначить было некого.

Пустая, бессмысленная процедура. Екклесиаст сидел на своем месте, в мантии. Старался не слушать адвокатов, чтоб больше нужного не расстраиваться. Заключение врачей, справки всякие, то-сё. На скамье — задержанный. Бледный, под глазами круги. На него никто не смотрит.

Прокурор тоже зачитывает бумагу, у него свои медики. Выпускать гражданина такого-то из-под стражи нельзя — скроется от следствия.

Тот с места кричит:

— Куда? На кладбище?

Судья призывает к порядку. Бодяга продолжается.

Что произошло дальше, я объяснить затрудняюсь. Лучше прочту, как это излагает сам Екклесиаст».

Терапевт снова стал смотреть на экранчик.

«— ...На улице солнце яркое. В зале духота. Председательствующий показал приставу на окно. Тот подошел, створку открыл. Дверь тоже слегка. Чтоб сквозняк. Стало немножко посвежей. Но окно поскрипывает, створка туда-сюда ходит. И солнечные зайчики от стекла. Один ерзает по лицу подследственного. Он жмурится, но лица не закрывает и не отодвигается. Я думаю: «Совсем у парня сил нет, даже руку поднять трудно». Кольнуло меня слегка, но я поскорей отвернулся. Когда, думаю, эта тоска кончится. Ведь всем все ясно, только зря беднягу мучаем. Ехал бы уже в камеру, хоть прилег, что ли.

Наконец стороны высказались. Удаляемся на совещание. Сели в комнате, председатель говорит: «Кофейку попьем и назад. Чего тут обсуждать. Пятый час уже, сегодня пятница, погода такая классная. Сейчас пошабашим, и можно на дачу». Сволочь — пробы ставить негде. Дача у него в Репино, был я там один раз. Пятьсот лет судье надо зарплату копить, чтоб такие хоромы построить.

Сидим, пьем кофе. Второй заседатель анекдот рассказал. Смешной. Или грустный, не знаю. Может, еще и в анекдоте этом дурацком дело, не знаю. Совпало: анекдот и зайчик. Сейчас расскажу анекдот, сами поймете. Про солонку, не слыхали?

Как помирает один никчемный мужичонка, всю жизнь попусту небо коптил. Попадает на тот свет и спрашивает у Бога: «Господи, скажи, ну чего ради я на свет родился? Неужто был в моем существовании хоть какой-то смысл?» Бог ему: «Конечно, сын мой. У меня иначе не бывает. Помнишь, в шестьдесят девятом ты в Гурзуфе отдыхал?» «Помню, Господи». «А как вечером 27 июля познакомился с блондинкой из Кременчуга и с ней в ресторане «Якорь» сидел, ужинал, помнишь?» «Что-то припоминаю, смутно». «А как за соседним столиком сидела женщина с бледным лицом, всё курила сигарету за сигаретой, а потом попросила тебя солонку передать?» «Нет, Господи, не помню». «Зря. Для этого ты на свет и появился».

Посмеялись они, а мне не смешно. Тошно как-то, дышать нечем. В солнечном луче пылинки пляшут. Подношу ко рту чашку, во второй держу блюдце. Зайчик от ложечки прыг — мне в глаз. Я прищурился, и вдруг — не поверите — само собой с губ сорвалось.

А давайте, говорю, его выпустим.

Они сначала не поняли. Я и сам, честно, обалдел. Но слово не воробей. Начинаю аргументировать: так-то и так-то, адвокат совершенно прав, на основании статьи такой-то, даже гуманные соображения приплел.

Председатель мне мягко:

«Принято решение. На высоком уровне. Не нам его менять».

Креативщик

А я уже удила закусил. Про независимость судебной власти ему гоню, про совесть. По полной программе.

Он начал злиться, но пока сдерживается.

— Не мне вам объяснять, что нет у нас никакого независимого суда. Эти игрушки созданы для более развитого уровня демократии. У нас же пока период государственного контроля, по всей вертикали, сверху донизу. Мы все одна команда, государственные служащие: что прокуроры, что судьи. Нужно сначала приучить нашу разгильдяйскую страну к дисциплине и ответственности, а потом уже вожжи ослаблять.

Ах ты, думаю, государственник херов. Хапуга! Ездишь на «мерседесе», дача на заливе, дочка в Англии учится в частной школе, сам метишь в председатели горсуда. Но вслух ничего такого, конечно, не говорю. Продолжаю блеять про милосердие. С таким диагнозом даже осужденных из мест заключения комиссуют, а этот ведь только еще подследственный, и обвинительная база очень слабая.

Надоело председателю со мной препираться. Говорит, вкрадчиво так:

— Хотите особое мнение? Ваше право.

И уверен, гнида, на сто процентов, что я спасую. По нынешним временам особое мнение в таком деле — это скандал неслыханный, конец всему.

У меня внутри все сжалось. Вдруг слышу собственный голос, очень отчетливо: «Особое мнение заявлять не буду, но все-таки это как-то не по-человечески». А сам еще ни слова не произнес, зубы сжаты. Было это уже, было! Дежа вю. То бишь, дежа векю!

Затрясло меня. И я сказал — медленно, громко:

— Вот именно. Мое право. Я напишу особое мнение.

И будто звон какой-то в ушах... Даже не знаю, как описать. В детстве, бывало, нырнешь с вышки — я любил, хорошо прыгал — уйдешь глубоко под воду, потом вверх, вверх, воздуха не хватает, выскочил на поверхность — и первый вдох...»

Ретурнист оторвал взгляд от блокнота.

«Дальше он тут пытается передать свои ощущения от преодоления «точки возврата», но рассказчик из Екклесиаста, как вы могли заметить, так себе. Искусством словесной метафоры он, во всяком случае, не владеет. Поэтому я своими словами.

В судейской комнате он пережил классический катарсис. Ощущение, которое испытывает душа, вырываясь из колеи, наезженной за предыдущие жизни, многократно описано в специальной литературе. Это вроде второго рождения на свет. Не буду тратить время.

Совещание продолжалось долго. Председательствующий попросил другого заседателя выйти и накинулся на Екклесиаста. На «ты», да с матом, да с угрозами. А Екклесиасту было все равно. Он прислушивался к тому, что у него внутри происходило.

Никакого особого мнения ему в результате написать не дали. Просто перенесли заседание, а на следующее назначили другой состав судей. Так что больному Екклесиаст все равно не помог. Зато себе навредил по полной.

С работы ему надо уходить, это без вариантов. А куда? В адвокатуру? Но у него ни опыта, ни сноровки, да и возраст уже не тот, с нуля начинать. И потом, хороший адвокат сегодня — это кто? Тот, кто знает, кому и сколько заносить. Это уж точно не по части моего пациента. Опять же, среди судей, с которыми адвокату надо договариваться, у него теперь понятно какая репутация.

С молодой женой тоже раздрай. Она вообще довольно скоро стала похожа на предыдущую супругу: тот же доминирующий тип. Ну, это естественно с точки зрения типологии межличностных отношений. А после этого конфузного происшествия стало — хоть домой не приходи. Женщина ведь работает там же, секретарем. Дитя системы. С ее точки зрения, Екклесиаст с ума сошел. «Ты псих! Ты лузер! Тебя лечить надо!», и все такое.

Креативщик

По всем параметрам жизнь моего пациента превратилась в ад. А он, представьте себе, счастлив. Никогда не испытывал такой полноты жизни, такой свежести бытия. Оказывается, «иголка» его судьбы бог знает сколько инкарнаций спотыкалась на солнечном зайчике, а тут вдруг взяла — и проскочила. Представляете?

Это, конечно, не гарантия того, что у него «мелодия» до конца чисто доиграет. Наверняка будут и другие засады, где он может споткнуться. Придется жить заново. Но одно могу гарантировать: на той же самой «точке возврата» он больше не сорвется. Это сто процентов».

С этими словами гештальтист-ретурнист горделиво захлопнул свой электронный блокнот и спрятал его в карман.

«Ну как вам? Заставляет задуматься, не правда ли?»

Можно было не спрашивать. К концу истории старик от нетерпения и возбуждения весь изъерзался — насколько способен изъерзаться парализованный: дергал головой и чуть раскачивался в кресле.

«Доктор, вы должны меня выслушать! У меня в семьдесят третьем тоже был один случай... Я думаю, это по вашей части! У вас есть еще пять минут?»

«У меня-то есть, а за вами уже пришли. — Терапевт показал на аллею, по которой быстро шла школьница в клетчатой юбке. — Это ведь ваша внучка?»

«Ничего, я скажу, чтоб еще немножко погуляла. И вообще, она умная девочка. Я вас с ней познакомлю».

«Нет, хватит с меня на сегодня девочек», — непонятно ответил собеседник. Он внезапно потерял всякий интерес к разговору. Очевидно, относился к разряду людей, которые обожают говорить сами, а слушать других им скучно.

«Что?»

«Извините, мне пора».

Альбинос слегка поклонился и хотел ретироваться обратно в кусты.

Анна Борисова

«Где находится ваша клиника? — крикнул инвалид. — Я достану деньги! Хочу записаться к вам на прием!»

«Зачем вам зря у.е. тратить? — донеслось из кустов. — Методика вам теперь понятна. Попробуйте сами. Может, получится?»

14:40

Пройдя по газону, белоголовый оказался на соседней дорожке. Поглядел направо, налево, пожал плечами и быстро зашагал к выходу из парка. Настроение у него стало еще лучше. По аллее он несся чуть не вприпрыжку. Лет тридцать ему можно было дать, никак не больше. Даже наряд, который утром казался старомодным, теперь воспринимался иначе: просторный льняной костюм с элегантной, тщательно продуманной небрежностью свободно висел на стройной фигуре, тупоносые туфли смотрелись стильно.

Бодро стуча каблуками, альбинос дошел до Кирочной, потом до Литейного и слился с обеденной толпой. По людным местам он гулял долго, часа два. Прошел до начала Невского, повернул обратно. За все время ни разу не присел и нигде не останавливался дольше, чем на несколько секунд. При этом у бездельника был такой вид, словно он занимается важным, ответственным делом. Может, ищет кого-то, очень нужного.

Глазами, во всяком случае, он стрелял во все стороны. Всматривался во встречных. Назад только ни разу не обернулся.

Зря, между прочим.

Если б оглядывался, то, возможно, заметил бы, что за ним, отстав метров на двадцать, идет некий человек, старательно соблюдая дистанцию. Если она увеличивалась, человек прибавлял ходу. Если объект наблюдения замедлял шаг, «хвост» приседал и начинал возиться со шнурком. Черт знает, сколько времени уже длилась эта слежка. То, что это слежка, окончательно прояснилось, когда беловолосый свернул с Невского.

16:59

Произошло это вот как.

У стены старинного доходного дома, повернувшись спиной к улице, стояла молодая женщина, разговаривала по мобильному. В одной руке у нее были пластиковые пакеты с покупками, в другой кожаный портфель. Ставить всё это на землю дама не хотела, поэтому разговаривать ей было очень неудобно. Трубку она зажимала между головой и плечом — и в конце концов телефон выскользнул, грохнулся об асфальт, разлетелся на несколько частей.

С уст женщины сорвалось сильное выражение (это случается даже с очень приличными дамами). Она села на корточки. Поклажу пришлось все-таки поставить на тротуар. Один пакет немедленно накренился, из него выкатилась сине-белая банка.

В этот момент на углу и появился бездельник-альбинос. Подошел, поднял укатившееся сгущенное молоко.

«Я его тоже люблю, с детства», — сказал он с улыбкой.

Женщина сердито поблагодарила и попросила:

«Подержите секундочку, а? Я только соберу эту заразу».

Повозилась немного — простонала:

«Пипец! Что за день такой? Всё через задницу!»

Посмотрела на молодого человека. Взгляд у нее был быстрый, моментально все схватывающий.

Улыбнулась, давая понять, что экзамен выдержан успешно.

«Можно позвонить по вашему? А то у меня просто зарез. Я быстро, одна минута».

Женщина была красивая, ухоженная. Такие, даже если о чем-то просят, будто подарок делают.

Мужчина вынул свой мобильник, галантно отщелкнул крышечку.

«Сделайте милость».

Наградой за мило старомодное выражение была новая улыбка, еще шире первой.

По-прежнему с банкой сгущенки в руке, он тактично отвернулся, будто это могло помешать прислушиваться.

«Сорри, — сказала женщина. — Представляешь, мобильник грохнула, идиотка... Нет, совсем отрубился. Посмотришь потом... Одолжила тут, неважно. Давай быстро, а то неудобно, ждут. Ты что начал говорить?»

Ее брови сдвинулись к переносице, губы сердито поджались.

«Слушай, у тебя совесть есть?! — повысила она голос. — Мы ведь договорились, что заберешь ты, а я в магазин за продуктами... Блин, у меня сумки тяжелые! ...Какое такси, какая тачка? Кто меня посадит, 500 метров везти?! ...Сволочь!»

Последнее слово она произнесла, уже рассоединившись. Растерянно посмотрела на банку, которую ей протягивал мужчина. Вернула телефон. Пожаловалась:

«Надо дочку из сада забирать, а у мужа срочные дела. С сумками тащиться тяжело. Домой занести — дочка разревется. Она у меня нервная. Если других детей уже забирают, а ее еще нет, обижается... Ладно. Чего я вас гружу. Спасибо».

Он рассматривал ее с любопытством. Уходить не спешил.

«Резюмирую. У вас проблема. Сила тяжести, — он кивнул на сумки, — помноженная на расстояние, поделенная на дефицит времени. Предлагаю решение. Сила тяжести для меня не проблема, расстояние тоже, а времени полно. Целый день только и делаю, что его убиваю. Давайте я провожу вас до детского сада, а потом до дому. Вы ведь где-то близко живете?»

Креативщик

«Минут десять пешком», — ответила она, но не сразу, а оглядев его еще раз. Тон был неопределенный. Женщина еще не решила, принимать предложение или нет.

Он весело засмеялся, сверкнув белыми крепкими зубами — трудно было поверить, что утром они были вынуты из стакана.

«Не надо меня ни в чем подозревать. Корыстного интереса — ноль. Сексуального тоже нет. Требовать материального вознаграждения не буду. Приставать тоже. Провожу, донесу сумки туда, куда пожелаете. И расстанемся. Навсегда. Слово джентльмена». — И с торжественным видом приложил ладонь к сердцу.

Женщина поверила — судя по всему, она неплохо разбиралась в людях.

«Только до садика. Там мы с Маришкой сядем на двадцать второй. Она обожает кататься на автобусе».

«До садика так до садика», — согласился он, и это ее окончательно успокоило.

«В качестве гонорара получите эклер. Свежайшие, я всегда их на Невском, в «Севере», покупаю. Плата вперед. Дайте-ка пакет».

Беловолосый сделал оскорбленное лицо:

«Послушайте, ну что у среднего класса за привычка — вечно отдариваться, ни у кого не быть в долгу. Даже в ерундовском. Бросьте. Пижонство и снобизм. Мне это, правда, ничего не стоит. Говорю же: я шляюсь без дела, убиваю время. А долг вы отдадите кому-нибудь другому. Не знаю, слепого гомосексуалиста через дорогу переведете. И тогда снова почувствуете себя донором, а не акцептором».

Она засмеялась.

«Эту теорию я знаю. Цепная реакция добрых дел. Окей. Считайте, что завербовали меня в вашу секту».

Они шли рядом по переулку: он с пакетами, она с портфелем.

Поймав на себе искоса брошенный взгляд, мужчина хмыкнул.

Анна Борисова

«Вы думаете, нужно ли спросить, как меня зовут. Отвечаю: не нужно. Это будет уже формальное знакомство, персонализация безличных отношений. Лучше давайте останемся незнакомцами».

«Да вы угадываете мысли! Вы что, ясновидящий?»

«Я не ясновидящий. Я физиономист...»

Он хотел сказать еще что-то, но в этот момент легкий разговор прервался — произошел маленький, но очень неприятный инцидент.

Переулок был пустой, почти безлюдный. Только сзади, еще больше увеличив дистанцию и прижимаясь к стене, шел человек, следовавший за общительным альбиносом от Таврического сада (если только слежка не началась еще раньше). Но «хвост» был осторожен, пара его не замечала.

Вдруг из подворотни очень быстро вышел, почти выбежал плечистый парень в кожаной куртке, джинсах и кроссовках. На его плоском и бесцветном, будто застиранном лице застыло выражение вызова, словно этот субъект был готов в любую секунду к отпору, а то и к нападению.

Из-за того, что плечистый выскочил так внезапно, он налетел на мужчину с сумками, но извиниться не подумал. Очевидно, в его вселенной любые извинения означали бы признание в собственной слабости, признавать слабость имело смысл только перед более сильным, а задохлик в светлом костюмчике на сильного похож не был.

Поэтому субъект толкнул фраера еще раз, уже нарочно.

«Ты чё, бля, слепой? Ща дам по линзам — прозреешь».

Когда человек, которого толкнули, не ответил, хам окончательно уверился, что перед ним слабак, а слабаков, по его понятиям, следовало опускать.

Женщина ужасно испугалась. Оглянулась, нет ли рядом кого-нибудь, позвать на помощь. Но в переулке не было ни души («хвост» моментально спрятался за выступ ближайшего парадного).

«Что вы пристали?!» — воскликнула она слабо, но это лишь прибавило куража агрессору. Он почувствовал себя хозяином ситуации, на его языке это называлось «влез сверху». Низкий лоб наморщился — это неповоротливые мозги пытались сообразить, как извлечь из триумфа какую-нибудь выгоду.

«Ты мне часы раскокал, урод! Швейцарские! — Парень демонстративно потряс рукой, на которой, действительно, поблескивали часы. Поднес их к уху. — Сука! Они тыщу баксов стоят! Кто за ремонт платить будет?»

«Как же, швейцарские! — возмутилась женщина. — Штамповка китайская! Триста рублей красная цена!»

Но голос ее дрожал, и вымогатель разъярился еще пуще.

«Сама ты штамповка такая-то, рассякая-то!»

И дальше он перешел на сплошной мат.

Вдруг мужчина в льняном костюме вскинул руку ладонью вперед и сдавленно попросил:

«Стоп. Помолчи-ка минутку!»

Лицо его исказилось судорогой, зубы впились в нижнюю губу.

«Чего, бля?» — презрительно сощурился хам.

Не разжимая плотно стиснутых челюстей, молодой человек свистящим шепотом произнес:

«Молчок. Сейчас у меня приступ пройдет, тогда базарь дальше».

«Какой, бля, приступ?»

Пугающе бледный, подрагивая краем рта, альбинос очень тихо сказал:

«Убить тебя хочу. У меня бывает. Главное молчи и стой тихо. Сейчас...»

«Ты чего, психованный?» — растерялся низколобый. Он собирался еще что-то прибавить, однако мужчина прижал палец к губам: «Тс-с-с-с!»

Его глаза зажмурились, будто от нестерпимой боли, на лбу выступили капли пота. Пакеты упали на тротуар, из одного снова выкатилась неугомонная банка со сгущенкой. Руки припадочного сжались в кулаки, из уст вырвался глухой, звериный стон.

Парень попятился. Да и женщина смотрела на своего спутника в панике.

Но он взял себя в руки. Открыл глаза, все еще белые от бешенства, с расширенными зрачками. Улыбнулся одними губами.

«Уф... Отпустило. Извини. Что ты там про часы говорил?»

Резиновая улыбка, кажется, напугала вымогателя больше всего. Пробормотав что-то про психов из дурдома, призрак подворотни исчез там же, откуда материализовался минуту назад.

«Извините за сумки. Нужен был звуковой эффект... — Победитель привидения опустился на корточки проверить пакеты. — Вроде ничего не разбилось».

Женщина нервно рассмеялась.

«Господи, ну я перетрусила! Классно вы его шуганули. Вы каратист, да?»

«Нет. Я же сказал: я физиономист. Профессиональный. Умею читать по лицам. Мне достаточно посмотреть на человека, и я сразу вижу, что у него внутри. Знаю, как надо себя с ним вести. Это такое специальное искусство. Если им овладеть, здорово в жизни помогает. Вот качок, который на нас наехал. Драки он не испугается — это привычная, хорошо известная ему ситуация, в которой он чувствует себя уверенно. Но стоит вывести такого одноклеточного индивида за пределы знакомой системы координат, и он сразу теряется. Непонятное его пугает. Укрощение примитивного хама — элементарная задача даже для средненького физиономиста».

«Если б не видела, как вы это проделали, нипочем бы не поверила!»

«Говорю вам, это пустяк. У меня десять лет назад был случай в таком же роде, но куда как серьезней. С этим хулиганом я рисковал максимум схлопотать в глаз — если б ошибся в чтении его тупой физиономии и выбрал неправильный подход. А тогда меня могли реально замочить.

Креативщик

Девяносто седьмой год. Я женился, ребенок маленький. Бросил институт, открыл свой первый бизнес. Выпускал крем «Красивая улыбка», против носогубных морщин. Потом, в дефолт, производство квакнулось, но вначале шло лихо. И, как водится по тем временам, наезжает на меня один брателло-азазелло. Делись, гони бабки, а не то — и дальше весь ассортимент услуг от мелкого членовредительства до похищения сына. Причем видно, что не болтает человек, правду говорит. На роже написано.

Страшно мне, коленки трясутся, а выкручиваться как-то надо.

Говорю себе: ты физиономист или хвост собачий? Вот тебе жуткая рожа, на которой всё написано. Читай, делай выводы. Неправильно прочтешь — кранты.

Вроде не Марсель Пруст, глубинных смыслов в этой книжке нет, а ошибиться нельзя. Поэтому молчу, думаю. У бандюгана этого вот здесь, на виске, жилка одна подрагивала, которую я никак не мог истолковать.

Молчать с параноидами маниакально-садистского типа опасно. Их начинает клинить. И этот клин вышибить можно только другим клином.

Мой азазелло заистерил, хвать меня за руку. Сейчас, говорит, я тебе пару пальцев сломаю, чтоб у тебя мой мессидж до души дошел.

Это словечко — мессидж — мне жилку и прояснило. Ага, соображаю: ты парень с фанаберией. Сложная натура, не понятая современниками. Вервольф, санитар леса. Еще, поди, и философ трехкопеечный.

И леплю ему, уже безо всяких сомнений: «Ты только про душу не гони, животное. У тебя вместо души калькулятор».

Никто из должников с ним так не разговаривал. Поэтому первая реакция — не ярость, а изумление. Я, не давая опомниться, изображаю «момент истины». Типа, прорвало человека, поток сознания. Текст у меня примерно такой. «Ты не человек, ты паук. Вот я придумал новое, хорошее дело: помогаю людям стать красивыми. Я — созидатель. А ты ничего не создаешь, ты только все портишь, ломаешь, разрушаешь. Ты никого на свете не любишь, и тебя никто не любит. Ты вообще не знаешь, что такое любовь. Иначе ты не грозил бы убить мою жену и сына. Отдам я тебе твои поганые бабки, потому что я не такой, как ты. Родные мне дороже денег. Но я хочу, чтоб ты знал про себя правду».

Это его пробило. «Правду?! — кричит.— Что ты знаешь про правду, лох? Ты жизни не видал! Это у меня души нет?!»

Yes! — думаю. В десятку.

Дальше уже он говорил, а я удивление изображал. Типа, надо же, и крестьянки любить умеют. Рассказал мне азазелло про свою страдающую душу, про тотальное непонимание и одиночество, и стали мы с ним после этого кореша. Денег он с меня не брал, а от других наездов прикрывал. В качестве платы, правда, приходилось с ним квасить и слушать его туфту. Хорошо, его скоро грохнули, а то у меня организм уже не выдерживал водки в таких количествах. Что ж мы стоим? Идемте. Вас дочка ждет».

Спохватившись, они пошли по переулку дальше. Женщина смотрела на физиономиста с нескрываемым любопытством.

«Слушайте, с вами прямо страшно. Вы, наверно, и меня насквозь видите? Читаете, как книгу?»

Он улыбнулся, не ответил.

«И что там на мне написано? — не отставала она.— Ну-ка, зачтите вслух, с выражением».

Физиономист остановился, пробежал взглядом по ее лицу. Пожал плечами.

«Вам немножко обидно, что я веду себя с вами как с бесполым существом, даже не пытаюсь приударить. Хотя мои заигрывания вам на фиг не сдались».

«Стопроцентное попадание, — признала женщина со смехом. — Поди, за полчаса к любой бабе отмычку подберете?»

Креативщик

«За пять минут, — спокойно признал он. — Если, конечно, есть замочная скважина».

«В смысле?»

«Если мадам или мадемуазель, это неважно, открыта предложениям, в ней просвечивает замочная скважина. Вот здесь, под правой скулой. Легкая тень, вроде впадинки. Берешь ключ правильной формы, поворачиваешь — и готово. Бывают замки, которые запросто открываются хоть гвоздем. Бывают скважины мудреные, с секретом. Но все равно: если впадинка есть, задача имеет решение. Но если сердце объекта занято, тень исчезает. И тогда никакая отмычка не поможет, незачем и соваться. У вас, например, замочная скважина отсутствует. Или, если угодно, в нее уже вставлен ключ. Тот, кто вам нужен, с вами, и остальные мужчины для вас не существуют. Поэтому я и не пытаюсь к вам подкатываться».

Женщина подумала-подумала. Сказала:

«Все-таки подкатываетесь. Но очень ловко. Браво!»

«Клянусь, нет. В вашем случае можно было обойтись и без физиогномистики. Достаточно было услышать, как вы обозвали мужа «сволочь». Вы вложили в это слово больше любви, чем другие в самые нежные рассюсюканья».

«Правда?»

Теперь уже она шарила взглядом по его лицу, словно тоже надеялась разглядеть там какие-нибудь строчки.

«Как вас все-таки зовут? Я — Александра. Саша».

«Теперь вам хочется со мной познакомиться поближе и подружиться. Но в друзья я совсем не гожусь. Не мой жанр. Все будет, как я обещал. Через пять или десять минут мы расстанемся, и вы меня никогда больше не увидите. Пусть я буду для вас просто Физиономист. Считайте, что это имя».

«Тогда я буду звать вас Физя. Окей?»

Кажется, женщина была немного задета, но не хотела этого показывать, оттого и обратила все в шутку.

Некоторое время они шли молча. В скверике перед каким-то медицинским учреждением кучками, парами, поодиночке стояли и курили молоденькие девушки. Должно быть, студентки-практикантки.

У ограды женщина вдруг остановилась и насмешливо поглядела на провожатого.

«Так-таки за пять минут?»

«Если есть замочная скважина — без вопросов».

«Сейчас проверим. Девчонки тут все молодые, серьезные чувства в этом возрасте бывают редко. Покажите, которые тут без "скважины". Их из эксперимента исключим».

Если она думала, что он даст задний ход, то просчиталась. Физиономист обвел взглядом девушек.

«За тех, кто далеко, не поручусь, но все, кто в пределах десяти метров, свободны. Хотите, чтоб я попробовал?»

Идея ему понравилась.

Заговорщики встали плечом к плечу, перешли на шепот.

«Вон ту? Слабо?» — кивнула Александра на эффектную блондинку, пускавшую аккуратные колечки дыма.

«Запросто. В такую скважину любой ключ войдет. Если он, конечно, от "бентли" или, на худой конец, "мерседеса".

«А черненькая?»

«Не смешите меня. Подойти, анекдотик про Диму Билана рассказать, и можно приглашать в кафешечку на рюмашечку».

Они медленно шли вдоль изгороди, тихо переговариваясь.

«Вон проблемная парочка. — Физиономист показал на двух девушек, куривших в сторонке: одна коренастая, без косметики, с грубоватым лицом; вторая тоненькая, на шпильках. — Альтернативные барышни».

«Похоже на то», — присмотревшись, согласилась Александра.

«Маленькую в принципе можно раскрутить. Зазорчик кое-какой проглядывает. А с кубышкой — пустой номер. Для нее что мужчина, что барсук из норы».

«Так-так, — хихикнула женщина. — Кажется, я вас поймала. Ну-ка, срисуйте мне за пять минут вон ту недотрогу».

Креативщик

И показала на студентку, державшуюся отдельно от всех. Она и выглядела иначе: ноль косметики, одета неярко, но очень хороша — настолько хороша, что краситься и наряжаться было бы лишнее. Девушка не курила, она читала книгу, делая пометки карандашом.

«Спящая красавица, — сказала про нее Александра. — Пока не появится сказочный принц, так и будет почивать в хрустальном гробу. Я в ее возрасте была точно такая же. Ни на кого не смотрела, никто мне был не нужен. Это крепкий орешек, уж можете мне поверить. Ну как, храбрый Физя, рискнете?»

Он с минуту поизучал объект.

«Тоже мне орешек».

«Хвастаетесь. У вас ровно пять минут. Не добудете ласковую улыбку и номер телефона, записываю поражение. Давайте пакеты — и вперед. Время пошло!»

Посмеиваясь, она поднесла к глазам часики.

17:17

Физиономист вошел в ворота. Стал медленно приближаться к красавице, продолжая в нее вглядываться.

Внезапно она закрыла книгу, спрятала ее в портфель и направилась к выходу. Прошла мимо молодого человека, не обратив на него внимания.

За оградой Александра поцокала языком: ай, какая незадача.

Альбинос обернулся, как бы в нерешительности.

Девушка уходила. Ее длинные, стянутые в конский хвост волосы покачивались за спиной, словно в знак насмешливого прощания.

Дав студентке удалиться метров на пятьдесят, физиономист будто очнулся. Он побледнел, сразу после этого залился краской и со всех ног бросился вдогонку.

«Постойте! Ради бога постойте!» — кричал он на бегу.

Она оглянулась, когда он уже почти ее догнал. В первый миг схватилась за сумку — не расстегнута ли. Подумала: что-нибудь обронила.

«Уф, как же вы меня напугали!» — воскликнул молодой человек, держась за сердце.

«А что такое?» — растерялась она.

«Я подумал, вы сейчас уйдете, навсегда исчезнете, и я вас никогда больше не увижу».

Свое ремесло физиономист несомненно знал.

Длинные ресницы «недотроги» дрогнули. Свежие губы за секунду проделали целый мимический перформанс. Напряглись, готовые дать отпор. Опустились уголками, словно испугавшись разочарования. Расслабились и приоткрылись. Наконец, еле-еле раздвинулись — еще не улыбаясь, но обещая улыбку.

«Тебя как зовут?» — спросила девушка, и это означало, что первый, самый трудный барьер преодолен.

«Пока никак. — Он смотрел на нее все так же жадно, но в то же время и словно бы со страхом. Молодой человек был не только мастер читать чужие лица, но, видимо, мог нарисовать что угодно и на своем. — Ты сама придумаешь для меня имя».

Полуулыбка стала удивленной, на ясном лбу образовалась морщинка.

«Как это?»

«Ну, знаешь, какое человеку выберут имя, таким он и будет. Тебя, например, я сразу про себя назвал Лидией».

Девушка ахнула:

«Меня действительно зовут Лида! — И засмеялась. — Ты знал, да? Кто тебе сказал?»

«Никто. Но это здорово. Значит, ты такая, какой кажешься. И у нас есть шанс. Я сейчас должен бежать. Правда, должен. Придумаешь мне имя — набери мой номер, хорошо? Дай я тебе натыкаю. Только обязательно позвони.

Я не буду есть, пить, спать, пока ты не позвонишь. Честное слово».

Лидия улыбалась все шире.

«Чтобы я первая позвонила? Ишь чего захотел. Сам звони. А я подумаю, как мне с тобой быть».

И назвала номер.

17:20

«Фантастика! Две с половиной минуты! Что вы ей сказали? Ну пожалуйста! Я сдохну от любопытства!»

Он провел ладонью по лицу, и оно сменило выражение.

«Неважно. Не помню. Я не ушами слушал, не языком говорил. Я волну улавливал. Как микронастройка в радиоприемнике. Если видишь, что сигнал ослаб, и слышишь помехи — чуть-чуть подкручиваешь. Словами не объяснить».

Женщине хотелось расспросить его еще, но она взглянула на часы:

«Маришка ждет! Я не мать, а чудовище!»

Они ускорили шаг. От этого и разговор стал обрывистее, стремительней.

«Наверно, очень скучно жить, когда в людях нет никакой загадки. И очень одиноко. Я бы так не хотела».

Физиономист усмехнулся.

«Если бы в вас был хоть крохотный зазорчик, маленькая такая скважинка, я бы сейчас потупил взор, грустно вздохнул. Увы мне, одинокому! В сердце женщины вашего типа проще всего пролезть по принципу «она его за муки полюбила». Но не буду врать. Нет никаких мук. Читать по лицам — это пустяки. Всякий человек может научиться. Но вы, Саша, как говорится, еще не все знаете. У меня есть дар поинтересней. Этому уж не научишься. Врожденный талант. Или уродство. Как посмотреть».

«Я и так заинтригована дальше некуда, а вам все мало. Что за дар, что за уродство?»

Он понизил голос:

«Понимаете, я вижу не только характер, настроение, иногда мысли. Я вижу окончательный облик человека...»

«Что-что?»

«Окончательный облик — это то, каким человек будет в последний миг жизни. Я не знаю, как это у меня происходит. Но стоит мне сосредоточиться, провести некоторую внутреннюю работу, и лицо, на которое я смотрю, будто... будто окутывается туманом. И потом проступает вновь, но уже в измененном виде. Если человек доживет до старости, я вижу морщины. А по ним можно прочесть очень многое. Морщины — это летопись прожитой судьбы. Вон, смотрите, дядя сидит в машине. — Физиономист повел подбородком на припаркованную у тротуара «ладу». — Видите?»

«Вижу. И что?»

Александра посмотрела на дремлющего за рулем мужчину средних лет. В его внешности не было абсолютно ничего примечательного.

«Умрет лет через десять, двенадцать. Очевидно, от рака печени. Лицо осунувшееся, желтое. Но хорошо умрет. Без страха».

Она в ужасе уставилась на физиономиста и увидела, что его глаза странно мерцают.

«Ну вас к черту! Прикалываетесь?»

Молодой человек только улыбнулся, грустно.

«Неужели правда?!» — вскрикнула женщина, замирая на месте.

Пенсионер в полотняной кепке, шедший им навстречу, от этого возгласа шарахнулся в сторону, покрутил пальцем у виска и потом еще несколько раз оглянулся. «Хвост», который, убедившись, что пара увлечена разговором, было приблизился, на всякий случай спрятался за дерево.

Креативщик

«Но это ужасно! Смотреть на живых людей и видеть покойников! Не жизнь, а какой-то морг!»

«Ничего не ужасно. Во-первых, чтобы увидеть окончательный облик, мне нужно особенным образом сконцентрироваться. На вас, например, я же не концентрируюсь. И поэтому знать не знаю, сколько вы проживете и от чего умрете. Разве если попросите...»

«Нет уж, спасибо, — быстро сказала Александра и отвернулась. — И вообще. Вы лучше на меня не смотрите, человек-рентген... А что во-вторых?»

«Во-вторых?»

«Ну да. Вы сказали, во-первых, надо сконцентрироваться, без этого ничего не получится. А во-вторых?»

«Я хотел сказать, что видеть предсмертное лицо — это не всегда страшно и не всегда грустно. Часто видишь, что человек прожил свой срок счастливо, у него было много радости. Дедок в кепке — ну который на вас пальцем покрутил, — ему жить осталось всего ничего. Полгода, год. Но на душе у него спокойно, смерти он нисколечко не боится. И судя по умиротворенности, скончается во сне, тихо-мирно. Чего ж тут страшного? А насчет грусти... — Он запнулся, подбирая нужные слова. — Понимаете, каждый человек — как кино. Бывает кино паршивое, закончилось — не жалко. Бывает классное, смотреть бы его вечно. Но когда хорошее кино заканчивается, вам ведь все равно радостно, что вы его посмотрели? Оно вас чему-то научило, сделало лучше, вы благодарны создателям. Будете потом вспоминать любимые эпизоды, удачные кадры. И никакой особенной грусти не испытаете, что посмотрели этот фильм и что он закончился. Ну вот что-то в этом роде».

Александра метнула на физиономиста косой взгляд, не забыв прикрыть лицо рукой.

«Говорили, надо сконцентрироваться, а сами в секунду сделали старичку вскрытие».

«Это я после того дяди в машине не успел отключиться... Не бойтесь, Саша. Не стану я вас препарировать. Если б даже и увидел что-то, не сказал бы... Идемте, что вы?»

«Нам осталось только перейти на ту сторону. Вон наш садик».

При всех своих визуальных дарованиях физиономист не отличался наблюдательностью, не то он и сам бы увидел напротив решетку детского сада. А уж не услышать звонкие крики было просто невозможно.

«А, да... — Альбинос будто проснулся. — Мы не опоздали. Видите, детей еще не разобрали. Доведу вас до ворот и попрощаемся».

Они пересекли улицу. За ними тот же путь проделал «хвост», шмыгнув за фургон с надписью «Хлеб».

Готовясь отдать пакеты, физиономист сказал:

«Поразительней всего, что окончательный облик считывается даже по детским лицам. Меня самого пугает, что я гляжу на какого-нибудь карапуза и отчетливо вижу, как он кончит. Вот посмотрите на мальчонку с трансформером в руках, вон того... Он доживет до глубокой-глубокой старости, аж до двадцать второго века. А рыженький, с машинкой, погибнет внезапно, он будет храбрый и красивый... На маленьких девочках концентрироваться еще интересней».

Он говорил увлеченно, не обращая внимания на то, что слушательница молчит. Рука, которой Александра прикрывала лицо, опустилась и сжалась — побелели костяшки.

«Что совершенно невозможно угадать — кто из них вырастет красивой, а кто нет. Середину жизни я увидеть не могу, она слишком динамична. Но зато могу точно сказать, к какому финалу они придут, и уже оттуда размотать клубок обратно... Вон та щекастенькая превратится в сдобную старушку. Скончается, окруженная детьми и внуками. Черненькая — кошмар какой, что это? Катастрофа или что-то в этом роде. Бедняжка... А посмотрите на носатенькую, со смешными косичками! Вот это, действительно, будет нечто особенное...»

Он поперхнулся от сильного удара кулаком в ребра. Изумленно повернул голову, увидел горящие ненавистью глаза.

«Заткнись, сволочь. Это моя дочь! И вообще, вали отсюда, пока я тебе глаза не вырвала!»

Физиономист попятился.

«Оказывается, слово «сволочь» вы умеете произносить по-разному», — пролепетал он с довольно жалкой улыбкой.

Однако женщина шутить была не расположена.

«Чтоб я тебя больше никогда не видела. *Физиономист!*» — прошипела она.

«Не бойтесь. Не увидите».

Понурившись, он поставил сумки, как-то неопределенно плеснул рукой — то ли отмахнулся, то ли попрощался.

Вжал голову в плечи, быстро пошел прочь.

Мать смотрела ему вслед, яростно прищурившись.

Из-за фургона вышел человек и, не скрываясь от Александры, двинулся перебежками за физиономистом.

Женщина открыла рот, чтобы крикнуть, предупредить. Но не сделала этого. Передернулась, подняла пакеты и не оглядываясь направилась к воротам. Как будто вычеркнула из памяти весь этот малопонятный эпизод.

«Маришка! — громко позвала она. — А ну, собирайся. За тобой приплыла чудо-юдо-рыба-кит!»

17:40

Переживал альбинос недолго. Минут пять, десять. Потом расправил плечи, тряхнул головой, остановился и о чем-то задумался. По свежему лицу скользнула нежная, хитроватая улыбка.

Набрал номер на телефоне.

«Лида, привет. Это я».

«Привет, Фрол, — ответили ему. — Сделал свои срочные дела?»

Он удивился.

«Фрол? Почему?»

«Не угадала?»

«Ты не угадываешь. Ты нарекаешь. Но что это за имя — Фрол? Я никогда никого не встречал с таким именем!»

«Я тоже. Поэтому и назвала. Не нравится? Придумаю другое».

«Да нет, в принципе нормально... Фрол... — Он выглядел взволнованным — даже переложил трубку в другую руку. — Кажется, мне с тобой ужасно повезло! Хочется сделать для тебя что-нибудь особенное. Ты далеко ушла?»

«Нет. Собиралась домой, но что-то неохота. На Невском зашла в кафешку, чаю жасминного выпить».

«Давай я к тебе подгребу. Прямо сейчас. Сходим куда-нибудь».

«Давай, — без колебаний и жеманства сказала девушка. — А то я тебя даже не рассмотрела толком. Пытаюсь вспомнить и не могу. Что-то белое, с цепкими глазами».

Он засмеялся:

«Ничего себе портретик. Что за кафе?»

«Да ну его. Пойдем лучше в кино. Ты не видел «Бюро любых услуг», английский? Всюду реклама висит. Нет? Давай тогда встретимся в «Родине», перед кассой».

«Супер. Через пятнадцать минут. Как раз у меня будет время стать Фролом».

17:55

Когда Лида подошла к кинотеатру, он уже был там.

«Облом. Билеты проданы. На все сеансы».

Она не скрываясь рассматривала его — тем особенным взглядом, который бывает только у очень молодых девушек: непостижимое сочетание доверчивости и недоверия.

Креативщик

«Ты изменился, — сказала она наконец.— Если б не светлые волосы, не узнала бы. Мне показалось, тебе где-то под тридцатник. А ты, как я. Где учишься?»

«Это я ради Фрола помолодел, — объяснил он, пропустив вопрос мимо ушей.— Фрол — это обрусевший «Флор», то есть «цветущий». Вот я и расцвел... Билетов, говорю, нет. Кончились».

«Жалко. Хотела посмотреть».

«Да я видел, если честно. Нормальный фильм. Я бы посмотрел и второй раз. Особенно, если с тобой».

«Что делать будем? Идеи есть?»

В ожидании ответа Лида чуть насторожилась. Он понял ее правильно, засмеялся.

«Первый тест, да? Выбери правильный ответ?

1. Пойдем ко мне, у меня это кино на диске есть.
2. Пойдем куда-нибудь поужинаем.
3. Давай так погуляем.
4. Другой вариант».

Она тоже улыбнулась, но ничего не сказала — просто ждала ответа. С характером оказалась девушка.

Фрол начал загибать пальцы:

«Первый вариант отпадает. Явная засада для простушки. Второй тоже вычеркиваем — за пошлость. «Сначала дэвушку ужинаэм, вах, потом э танцуэм». Третий не лучше. То ли жмот несусветный, то ли денег нет, а для половозрелого парня это стыдно. Значит, выбираю четвертое. Другой вариант».

«Какой?»

«Посидим где-нибудь, кофейку попьем. Я тебе кино своими словами перескажу. Чего ты смеешься? Я серьезно. Я пацанам в армии, когда делать не фига было, всегда фильмы или книжки пересказывал. Слушали — рты разевали. Честно».

«Оригинально, — с уважением признала она. — Так меня еще никто не клеил. А не боишься, что зрительный зал опустеет? Я редко какое кино до конца досматриваю. Скучно становится — ухожу».

«У меня не уйдешь. «Фрол пикчерз» — студия класса «А». Веников не вяжет».

Лида еще немножко поколебалась и кивнула.

«Ладно. Давай посмотрим, какой из тебя кинематографист. Я вообще-то хорошая слушательница. Не перебиваю, с вопросами не лезу. Но имей в виду. Если потихоньку встану и, стараясь не шуметь, пойду к выходу, ты меня не останавливай».

18:20

«Готова слушать? Ну, поехали», — начал Фрол, когда им принесли кофе.

«Под титры и музыку — она такая тревожная, одновременно манящая и пугающая — по шоссе мчится автомобиль. Пустые поля, плавные холмы. Навигатор говорит: «Через сто метров поворот направо».

За рулем мужчина. Лицо у него застывшее, губа прикушена. Он проносится через перекресток и поворачивает, не сбрасывая скорости. Видно указатели, какие-то названия городков или деревень, нормальному человеку неизвестные. Кроме одного: «Париж 238 км». То есть, понятно, что дело происходит во Франции.

Шоссе так себе, по одному ряду в каждую сторону. На дорожном знаке ограничение скорости 90 км. Но этот гонит бешено, стрелка спидометра ползет от ста двадцати к ста сорока.

А мужик вдруг раз — зажмурил глаза.

Экран весь становится черный. И громкий-громкий телефонный звонок.

Заспанный мужской голос говорит: «Алло, кто это?»

Другой, тоже мужской:

«Майк, это Ральф. Извини, что разбудил... Тут такое дело...»

И эхо: «тут такое дело, тут такое дело, тут такое дело...»

Креативщик

Снова видно лицо водителя. Оно искажено гримасой. Глаза закрыты, зубы стиснуты, пальцы вцепились в руль.

Вдруг оглушительный гудок. Как раз и титры проскочили.

Мужик — это его зовут «Майк» — открывает глаза. Прямо навстречу, по разделительной, клаксоня изо всей мочи, несется огромный трейлер.

Майк резко, в самый последний миг, выворачивает руль. Тачка чуть не вылетает в кювет. Визг, скрежет. Но как-то он все-таки справляется, удерживается на полотне.

Тормозит. Оборачивается.

Трейлер уносится прочь, дудит, уже не тревожно, а злобно. Типа: «Ко-зел! Ко-зел!»

Мужик бормочет:

— Оп-ля. Приехали...

Руки у него ходят ходуном.

Навигатор нудит: «На следующем круге возьмите влево».

Мобильный телефон, который валяется на сиденье, начинает играть «Калифорнию». Майк берет трубку — там на экранчике появляется фотка блондинки, очень похожей на Мерилин Монро, и надпись «My love». Он нажимает кнопочку, швыряет мобилу обратно на кресло. Яростно ерошит волосы.

Раздается писк — пришла эсэмэска. Хватает, смотрит. Там написано: «37 непрочитанных сообщений».

Открывает первое, второе, третье. Текст один и тот же: «Где ты? Я с ума схожу. Ответь». «Где ты? Я с ума схожу. Ответь».

Тогда Майк вообще выключает телефон. Смотрит вокруг мутным взглядом. Трогается с места.

Впереди круг. Навигатор повторяет: «Возьмите налево. Второй съезд налево». И на указателе написано, что налево дорога на Париж, типа 235 километров.

Майк выезжает на круг, но никуда не сворачивает, раз за разом крутит по нему, крутит.

Вид сверху: голубая машинка ползет по совершенно пустой развязке, к которой сходятся пять дорог — четыре шоссейные и проселок.

Снова кабина. Майк тупо смотрит на названия, которые ему ничего не говорят — это видно. Вдруг указатель. Нарисована койка и рюмка, написано «2,5 км». Облизывает сухие губы. Вот что ему, оказывается, надо. Срочно выпить после того, как чуть не гробанулся.

Поехал по проселку-однорядке. Вокруг ни шиша. Поля-тополя, где-то вдали коровы пасутся. Ни одной машины навстречу.

Наконец вдали дом. Старый такой, каменный, двухэтажный. Стоит прямо у дороги. Вывеска: Отель-бар «Заждались». Мужик усмехается — дурацкое название. Заходит.

Обычный зальчик. Стойка, несколько столов со стульями. Никого нет. По телевизору идут новости, без звука. Играет музыка. Опять «Калифорния», как на мобильнике. Майк морщится.

Зовет на хреновом французском: «Эй, есть кто-нибудь?»

Из двери выходит дядечка. Улыбчивый, в переднике с Микки-маусом. Лицо мягкое, доброе. Лет сорок пять—пятьдесят, примерно. Волосы стянуты в хвост, как у тебя. Шучу. У тебя красивые, а у него обычные, с легкой проседью. В ухе золотая серьга. Посередине лба маленький кружок, как у индусов. Крупный план — и видно, что индуизм тут ни при чем. Это татуировка: инь-ян. Короче, типаж считывается с ходу. Бывший хипарь, который свинтил из большого города, поселился себе в тихом месте. Медитирует, старые пластинки крутит. Травку на подоконнике выращивает. Все дела.

— Здравствуйте, — говорит он с сердечной улыбкой. — Наконец-то! А то мы вас прямо заждались.

По-английски говорит, чисто.

Мужик снова морщится, его сейчас все раздражает. И музыка эта, и хозяин с его дежурной фразой, которой он встречает всех посетителей, — наверно, фишка у него такая.

Креативщик

Майк ему:

— Во-первых, не могли бы вы убрать эту чертову нудятину? А во-вторых, не врите. Ничего вы меня не заждались. Две минуты назад я еще не знал, что сюда заверну. Где я, кстати? Не подскажете?

Тот выключает музыку. Смотрит на него с ласковой улыбкой, молчит.

Майк говорит:

— Нет, серьезно. Где я?

— Там, где вас заждались.

— Перестаньте, а? Мне не до чепухи. Я сейчас на трассе чуть в ящик не сыграл. Если не выпью, у меня истерика будет. Сделайте мне быстренько «макаллан»... У вас есть «макаллан»?

Хозяин все с той же улыбкой кивает.

— Отлично. Два пальца виски, два кусочка льда и чуть-чуть содовой. Только я люблю лимон потом пососать. Вы ломтик отрежьте, но не в бокал положите, а отдельно...

Вдруг он замолкает, таращит глаза. Потому что хозяин из-под стойки вынимает готовый бокал. На краешке — ломтик лимона, внутри два кубика льда.

Майк недоверчиво пригубил:

— «Макаллан»? Себе, что ли, приготовили? Первый раз встречаю человека, который виски пьет с лимоном. Думал, я один такой.

— Я не употребляю алкоголя, — говорит хозяин. — Это я для вас сделал.

Мужик хлопает глазами.

— Да вы меня знать не знаете!

— Вы Майкл Лестер. И мы давно вас ждем. Заждались уже.

Этот в шоке. Пытается что-то сообразить, не может. И только лепечет:

— Давно ждете? Как давно?

— С 12 октября 62-го.

— Но это мой день рождения!

— Все правильно. Как только вы родились, мы начали вас ждать. И вот дождались. Сегодня — день вашей смерти.

Хозяин говорит все это с милой улыбкой, вроде как сочувственно, и от этого еще больше жуть берет.

Майк труханул не по-детски. Оглянулся затравленно — не стоит ли кто за спиной. Попятился к выходу.

А хозяин ему:

— Вы не бойтесь. Ничего страшного не произойдет. Всё *уже* произошло.

— То есть? — бормочет Майк и трет глаза. Наверно, думает, это сон.

— Вы уже умерли. Не верите?

Хозяин поворачивается к телевизору, где транслируют новости. Делает звук.

Диктор говорит: «А теперь местные новости. Час назад на шоссе Виссан-Маркиз произошла авария. Голубой «ситроен» по неустановленной причине выехал на встречную полосу и столкнулся с автофургоном. Водитель трейлера отделался ушибами. Человек, сидевший за рулем «ситроена», погиб на месте. Судя по документам, это гражданин Великобритании Майкл Лестер. Сегодня он взял машину напрокат в Кале на станции «Евростара». Вероятно, английский гость забыл, что на континенте правостороннее движение».

И показывают место катастрофы. Сжатый в гармошку голубой автомобиль с номерным знаком; перегородивший дорогу трейлер; полиция; пробка в обе стороны. И тело, накрытое простыней, из-под которой торчит нога в желтом мокасине.

Камера показывает, что на Майке точно такие же.

— Но... это случилось совсем недавно! Максимум десять минут! — лепечет Майк. — Вот, я по часам заметил! Было семь минут второго, а сейчас восемнадцать!

Хозяин смотрит на него с участливой улыбкой.

— У нас здесь свое время, у них там свое.

Креативщик

Но мужик все отказывается верить. Он оглядывается.

— А как же...?

Показывает через стекло на целехонький «ситроен». Номер тот же, что у машины на месте аварии.

— Машина-то цела!

— Вы тоже в полном порядке. Как при жизни. Даже лучше.

Совсем очумев, Майк начинает себя щупать. Привстав, смотрится в зеркало над стойкой.

— Странно, — говорит. — А выпить все равно хочется. Теперь еще больше.

Хозяин:

— Ну и выпейте, кто вам мешает.

— А... а можно?

— У нас не *там*. У нас все можно, — с улыбкой отвечает хвостатый.

Майк осторожно отпивает. Еще глоток, еще.

— А вы не брешете? Виски на вкус точно такой же. И еще мне отлить надо...

Тот показывает:

— Туалет вон где. Что вы удивляетесь? Я же объяснил: здесь все, как там. Только лучше.

Мы видим Майка в сортире. Он уже вышел из кабинки. Рассматривает себя в упор в зеркале. Ущипнул щеку — скривился. Включил воду, чтобы помыть руки, — и не стал.

— За каким хреном?

Выходит — хозяин приготовил ему новый бокал.

— Я вижу, вам надо добавить.

— Спасибо...

Он выпивает, смотрит на экран, где идет реклама. Какая-то чудна́я. Ночное небо, наезд на одну из звезд. Она бешено крутится, постепенно замедляя вращение. Это значок «инь-ян» — он занимает весь экран. Потом отъезд — и видно, что это татуировка на чьем-то лбу. Еще отъезд — лицо хозяина.

Анна Борисова

Майк тупо говорит:

— Ёлки, это же вы.

Хозяин смеётся и говорит в унисон с телевизором:

— «Бюро любых услуг» выполнит любое ваше желание, осуществит любую вашу мечту. Мы ждём вас. Мы вас заждались.

Смотрит, как Майк обалдевает, и понимающе улыбается. Убирает звук, рекламная музыка стихает.

— Сейчас вы попросите показать сцену автокатастрофы ещё раз.

— Откуда вы знаете?

— Все люди устроены более-менее одинаково. Вам всю жизнь впаривали про смерть всякую туфту, пугали ею. А она совсем не страшная. И совсем не такая, как вы воображали. Ну что, прокрутить картинку ещё раз?

Майк кивает. Садится за стойку. Неотрывно смотрит в телек.

Мы не видим, как ему крутят сюжет ещё раз, видно только его лицо. Хозяин глядит на него с усмешкой, но она не злая, а сострадательная.

— Могу показать вскрытие в морге, если хотите.

Нажимает на пульте кнопку. Экран мигает. Майк, передёрнувшись, отворачивается.

— Плывёт всё, — говорит он. — Голова кружится. И в сон клонит. У вас что тут, и спят тоже?

— У нас делают всё, что делают там. И кое-что сверх того. Я всё вам расскажу и покажу, когда проснётесь. А поспать вам совершенно необходимо. Так уж заведено. Вы ещё не совсем прибыли.

Где-то на середине этих слов лицо хозяина начинает расплываться, голос тянется, тянется. И Майк засыпает, ударяется лбом о стойку.

Снова чёрный экран, как в начале. Телефонный звонок. «Алло, кто это?»

«Майк, это Ральф. Извини, что разбудил... Тут такое дело...»

Креативщик

Мы видим сонного Майка, он лежит в постели, смотрит на часы. На них без пяти шесть.

«У тебя что-то случилось?»

В трубке сопение, кряхтение.

Майк садится, перекладывает трубку в другую руку. Видно, что спальня у него роскошная. Хай-тек, все навороты. Окно от пола до потолка, на стене картина Уорхола — знаешь, девятерной портрет разноцветной Мерилин Монро.

«Что, Ральф, что стряслось? Ты не стал бы трезвонить в такую рань... С тобой все в порядке?»

«Со мной-то да... Но...» — мямлит тот.

«Блин, говори, не блей! Я твой друг. Я тебе помогу. Ну, что с тобой?»

«Где Сандра?»

«К брату поехала. Он в Саутгемптоне живет. А что?»

«У нее ведь красный "ягуар"? Экс-джей?»

Майка прямо скидывает с кровати.

«Что-то с Сандрой?! — орет он. — Господи, только не это! Говори!»

На стене, рядом с Мерилин Монро, портрет той красивой блондинки, что в начале пыталась ему прозвониться.

Друг ему мрачным таким голосом:

«С ней-то ничего. У нее все шикарно... Я только что... Извини, Майк. Ни в каком она не в Саутгемптоне. Я из Брайтона звоню. У нас тут конференция, я тебе говорил... Короче, я тут с парнями вечером пил в отеле, в лобби. Подъезжает красный "ягуар", выходит Сандра. С каким-то фертом, за ручку. Взяли номер. И в обнимку поднялись, весело болтая. Я всю ночь с духом собирался. Звонить, не звонить. Она не имеет права так с тобой поступать. А ты имеешь право знать... Я тебе всегда говорил — она за тебя из-за бабок твоих гребаных вышла».

Пока Ральф всё это вымучивает, Майк мечется взад-вперед по комнате. Окна выходят на огромную террасу. В дымке видно Темзу, Парламент с Биг-Беном. Понятно, что у мужика с бабками, действительно, полный шоколад.

«Ты ошибся! — кричит Майк. — Этого не может быть!»

«Я щелкнул на мобильник номер «ягуара». Сейчас пришлю. Проверь».

Опять черный экран, звук поезда. Это экспресс «Евростар» мчится по туннелю под Ла-Маншем. Майк смотрит в окно на свое отражение. Лицо у него мертвое. Поезд выскакивает на свет.

На столике попискивает мобильник, на него одна за другой вываливаются эсэмэски.

По трансляции передают какое-то сообщение на французском. Дама, которая сидит напротив Майка, стонет. В вагоне шевеление, недовольные голоса. Повторяют по-английски. Мол, приносим извинения, но на ближайшей станции всем придется выйти. Экспресс дальше не пойдет. На трассе неполадки. Ждите дальнейших сообщений.

Вот Майк на платформе. Какая-то станция, практически посреди поля. Ни домов, ничего. Народ вокруг тоже волнуется, осаждает дежурного.

У Майка нервы на взводе, он не может стоять на месте. Мечется туда-сюда, тоже пробует ухватить за рукав железнодорожника.

— Сэр, мсье, сколько мы будем стоять? Комбьен-де-тан, черт...

Тот пожимает плечами, уходит — его уже все достали.

А внизу, под лестницей, пункт проката автомобилей. И там стоит толстый такой дядя в фирменном блейзере, глазеет на этот шурум-бурум.

И говорит Майку, с акцентом:

— Сэр, это вы тут долго проторчите. У них сбой в компьютерной системе. Шесть поездов встали. Если вам в Париж, возьмите напрокат машину. Мне как раз нужно отогнать ее обратно. За полцены, идет?

Креативщик

Майку идея нравится, но он говорит:
— Я не очень знаю дорогу.
— В машине навигатор. Просто следуйте указаниям, и всё.

И вот голубой «ситроен» рассекает по пустому шоссе. Майк поворачивает на Париж, зажмуривается — всё точь-в-точь, как в начале.

Опять трейлер навстречу, скрежет тормозов. Чернота.

Майк открывает глаза. Он лежит на кровати, но это не его спальня. Оглядывается по сторонам. Сумрак. Затянутые бордовым муаром стены, поблескивает золотая рама картины. Из открытого окна доносятся звуки улицы.

Он встает, подходит к подоконнику. Внизу вечерний бульвар — не знаю, какой именно, но, наверное, знаменитый. Майк сразу врубается, что это за место.

— Я в Париже, — бормочет он. — Что за черт?

Тут голос сзади:
— Чему вы удивляетесь? Вы ведь сюда и хотели.

Это мужик из бара. Но только в смокинге, с бабочкой, на хипаря уже не похож.

Майк показывает вниз, на прохожих (этаж там типа шестой-седьмой):
— Все эти люди, они тоже...
— Покойники? Не больше, чем вы. Разве вы чувствуете себя покойником?
— Нет. Я хочу есть.

Тут хвостатый показывает ему на вешалку, она стоит у стены. Там тоже смокинг, рубашка — весь прикид.
— Одевайтесь. Стол накрыт. Всё, что вы любите: стейк средней прожарки, пюре из корня сельдерея, бокал «марго».

Потом Майк, уже в брюках и рубашке со стоячим воротничком, но еще без смокинга, стоит у зеркала, а этот сзади застегивает ему бабочку.

Анна Борисова

— Вы кто? — спрашивает Майк. — Черт или ангел?

Их взгляды в зеркале встречаются. Хвостатый смеется.

— Хоть бы удивил кто-то, спросил что-нибудь другое. Говорят вам, здесь все не так, как вы себе там представляете. Я не черт и не ангел. Я ваш личный агент.

Вот они сидят друг напротив друга за красиво накрытым столом. Оба курят сигары. Майк уже поел. Перед хвостатым девственно чистая тарелка.

— Ну а теперь, — говорит он, — когда вы попрощались с тем, что было, и немного опомнились, поговорим о том, что будет.

— А что будет? — Майк сразу напрягся.

— Зависит от вас. Всё, чего вы хотели там и что не сбылось. Всё, о чем вы мечтали. Вы только назовите — мы это исполним.

— «Бюро любых услуг»?

— К вашим услугам, — кланяется этот. — Арманьяк? Вашего года рождения.

Майк пьет, наконец начинает расслабляться. Усмехается:

— Классно у вас. Если б люди знали, все бы разом поубивались.

Агент шутит:

— Ну ведь мы с вами им не расскажем? Пускай себе там парятся.

И оба хохочут.

— Так что насчет заветной мечты? Может, хотели кого-нибудь трахнуть, и не сложилось? Устроим, это нам запросто. Хоть Клеопатру, царицу египетскую.

— Нет, — улыбается Майк. — Клеопатру трахнуть я никогда не хотел. Разве что Элизабет Тейлор из фильма. Но, если об актрисах говорить, мой женский идеал, конечно, Мерилин Монро. С детства.

Креативщик

Хвостатый кивает:

— Я мог бы догадаться. Ваша жена Сандра того же типа. — Здесь у Майка лицо перекашивается, и агент машет рукой. — Пардон. Ну ее к черту, эту шлюху. Если пожелаете, мы на ней потом отыграемся. Только зачем вам липовая Мерилин Монро, если я могу обеспечить настоящую?

Майк обалдевает.

— Правда?

Агент поправляет бабочку, встает.

— Вы закончили трапезу? Милости прошу за мной.

Они едут вниз в шикарном лифте. Майк недоверчиво пялится на хвостатого, тот вдруг хитро так подмигивает. Типа, не робей, воробей, все будет тип-топ.

А Майку вдруг стало смешно, трясется весь.

— Что? — спрашивает агент с улыбкой.

— Вспомнил. Читал недавно. Про одну графиню, 200 лет назад жила. Она в старости говорила, что ей очень любопытно будет умереть. Как только встретит апостола Петра, первым делом задаст вопросы, которые ее больше всего интриговали при жизни. Кто такой Железная Маска и кем все-таки был шевалье д'Эон — мужчиной или женщиной. Знаете, авантюрист 18-го века, который наряжался то так, то этак.

— Конечно, знаю. Я вообще знаю все, что вы захотите узнать. Обращайтесь с любым вопросом. Шевалье Шарль-Женевьева д'Эон был гермафродитом, имел полный набор половых органов и потому мог с полным основанием выдавать себя и за кавалера, и за даму. А узник замка Святой Маргариты и Бастилии, вошедший в историю под прозвищем «Железная Маска», вовсе не брат-близнец Людовика XIV и не опальный суперинтендант Фуко, как утверждают некоторые историки. Это был бедняга, который родился на свет с родимым пятном, по форме напоминающим голову с рогами. В те дикие времена этого было достаточно, чтобы счесть человека дьявольским отродьем. Хорошо, на костре не сожгли.

— А меня другое всегда занимало, — Майк говорит. — Кто на самом деле президента Кеннеди убил? Вы-то наверняка знаете.

— Конечно. Убил его Ли Харви Освальд, который получил задание от русских, в Москве. В КГБ обиделись на Кеннеди, что он их ракеты в 62-м году с Кубы попер. ФБР «русский след» почти сразу раскопало, но решили шума не поднимать. Иначе точно разразилась бы третья мировая война. Ядерная. Договорились по-тихому: русские сняли слишком ретивого шефа КГБ, а ФБР руками своего агента грохнуло Освальда. Чтоб не болтал лишнего. Эти материалы хранятся в архивах, просто они засекречены до 2063 года.

Все это агент выдает с ходу, без запинки. А потом лифт останавливается. Приехали.

Выходят они в полутемный такой зальчик. На сцене, в луче, стоит Мерилин Монро и поет «I wanna be loved by you». Грим актрисе сделали суперский — вообще не отличить. Ну а голос, ясное дело, в записи.

Майк застыл.

— Идите, — подталкивает его хвостатый. — Вон ваш столик.

На столике свеча, приготовлен бокал: виски, два кубика, ломтик лимона. Майк садится, но не пьет, смотрит только на сцену. В зальчике еще какие-то люди, немного.

Вот она допела, все хлопают.

Мужик какой-то, с бриллиантовым перстнем, приподнимается, кричит:

— Киска, садись ко мне!

И другие тоже зовут.

Мерилин Монро посылает им свой знаменитый воздушный поцелуй, улыбается, спускается в зал. Проходит, шутливо бьет пальчиками по протянутым к ней рукам — и садится к Майку, хотя он помалкивал и ее не зазывал.

— Мать твою, как же я устала, — говорит она, потирая висок. — Что это у тебя? Виски? Я отопью?

Он смотрит на нее, закоченев. Она, действительно, фантастика, до чего хороша. Кожа прямо светится, зубы — как только что вынутый из раковины жемчуг (извини за банальное сравнение, но лучше не скажешь). А глаза грустные-грустные.

— Ты хороший, — говорит Мерилин. — Поэтому я к тебе и села. И тебе тоже одиноко в этом паршивом кабаке. Я немножко колдунья, я многое вижу. Ты кого-то любил, а тебя предали? Со мной такое сто раз случалось, а привыкнуть все равно нельзя. Если случится в сто первый раз, я руки на себя наложу. Честное слово.

Она отдает ему бокал.

— Я почти все выпила, но тут еще немножко осталось... Что ты на меня так смотришь?

Тогда Майк осторожно дотрагивается до ее руки, словно хочет проверить, настоящая она или нет.

Она просит:

— Закажи, а?

Он щелкает пальцами, и минуту спустя подлетает хвостатый, который уже переоделся официантом. На подносе у него два бокала.

— Ты на меня смотришь, как будто влюбился с первого взгляда, — говорит она и водит пальцем по его ладони. — Только я не верю в любовь с первого взгляда. А ты?

— Верю.

Майк пожирает ее глазами и, кажется, не очень слышит, что она ему говорит.

— Если честно, я тоже. — Мерилин Монро улыбается ему так доверчиво, прямо по-детски. — И ты мне нравишься. Можно, я положу тебе голову на плечо?

Кладет, прикрывает глаза.

А следующий кадр — они лежат на кровати у него в спальне. Ее голова точно так же на его плече.

Майк курит, вид у него, как у сытого кота.

— Все бы были такие мертвые, — шепчет он.

— Что, милый? — Мерилин приподнимает голову. — Мне так хорошо... Но я пойду. Ты любишь спать один, я знаю. Отвернись, а то я стесняюсь. Я всегда стесняюсь, если мне кто-то очень-очень нравится.

Он поворачивается на бок. Слышно, как шуршит одежда. Майк берет и прижигает сигаретой себе руку. Вскрикивает.

Обернулся — ее уже нет. Упорхнула.

Он лижет обожженное место. Вдруг вздрагивает — в дверях стоит агент. Он в чем-то черном, облегающем, так что его в темноте почти не видно, и сколько он там торчал, неясно.

— Как мечта? Не разочаровала?

— Нет. Мерилин еще лучше, чем я воображал. Она совсем не такая, как про нее пишут. Она... беззащитная. Я ее еще увижу?

— Хоть каждый день, — смеется этот. — Душновато здесь. Комната от страсти раскалилась, прямо сауна. Подышим воздухом?

Они проходят через соседнюю комнату, большую гостиную, на террасу. Внизу ярко освещенная улица. Машины, люди.

Сверху нависает скос крыши — это последний этаж.

— Другие мечты? — спрашивает хвостатый. — Грезы? Сны? Фантазии? Что угодно.

Майк:

— И так будет всегда? А когда у меня желания кончатся?

— Появятся новые. Жизнь ведь не кончилась. Просто она стала другая. Считайте, вам вышел апгрейд.

— Ну а потом что?

Креативщик

— Когда настанет «потом», тогда и поговорим. Это у вас *оттуда* привычка осталась, всё в завтра заглядывать. А нет никакого завтра, сплошное сегодня. Итак, какой следующий заказ?

— Даже не знаю... Всегда хотел на Северном полюсе побывать. Сам не знаю, почему.

Агент делает пометку в блокноте.

— Не проблема. Дальше.

— А на Луну слетать можно?

— Хоть на Марс. Только придется курс физподготовки пройти. Космический полет — это большие нагрузки.

Майк удивился:

— Разве у вас тут действуют те же законы физики?

— В принципе да. Но не все и не всегда.

— Как это?

— Например, у нас можно летать, — смеется агент. — Без всего. Просто так. Показать?

Влезает на перила, делает шаг — и зависает в воздухе, слегка раскачиваясь.

— Здорово! — У Майка прямо крышу сносит. — Вспомнил! Мне во сне часто снится, что я летаю. Падаю в пустоту, расставив руки, и парю. Это так здорово!

— Проще простого. — Хвостатый манит его рукой. — Давайте ко мне.

Через перила Майк перелез, стоит в халате. А расцепить руки боится.

— Что же вы? Смелей!

— ...Не могу... Страшно...

Вниз заглянуть — действительно, жуть. Там остановились люди. Задрали головы, что-то кричат, размахивают руками.

Агент улыбается:

— Да чего страшного-то?

— Ра...разобьюсь.

— Во-первых, не разобьетесь. Поглядите на меня. Во-вторых, если бы и разбились, куда вы денетесь? Снова к нам попадете. Ну, вперед! Это такой кайф! Вся улица вас приветствует.

Тут дается вид снизу, с улицы.

Там суетятся прохожие. Кто-то кричит: «Он с ума сошел! Отойдите, сейчас прыгнет!»

Кто-то звонит по телефону: «Это пожарная? Здесь ЧП!»

Главное, Майка в его белом халате снизу видно, а хвостатого в черном костюме — нет. Вообще ноль.

Снова съемка наверху.

Майк улыбается во весь рот, машет толпе, которая орет что-то невнятное и тоже ему машет.

— Полет над гнездом кукушки, — говорит он, прыгает в пустоту, растопырив руки, переворачивается в воздухе и с отчаянным криком летит вниз.

Хрусткий удар о мостовую, общий вопль.

Лежит Майк на асфальте мертвый, с выпученным глазом, и из-под белого халата разливается темная лужа.

А висящий наверху хвостатый задирает голову к крыше, подает кому-то знак — и начинает медленно ползти вверх. Над ним что-то блестит. Это стеклянные, невидимые в темноте нити, на которых он подвешен. Знаешь, как у фокусника Копперфильда, когда он летает над сценой.

Следующий кадр: женщина в трауре сидит за столом, выписывает чек. Это вдова Майка. Она немного похожа на Мерилин Монро, но без родинки на щеке и прическа современная.

— Как вам это удалось? — спрашивает она с любопытством. — Не зря мне вас рекомендовали знающие люди. Он сам спрыгнул с балкона на глазах у ста свидетелей. Невероятно!

Оказывается, она сидит в кресле для посетителей в шикарном кабинете. Напротив — хвостатый, в деловом костюме. У него за спиной на стене эмблема — такая же, как татуировка на лбу.

— Успех операции обеспечили вы сами,— говорит он с любезной улыбкой, принимая чек. — Приехали на своей машине в отель, который мы вам указали, вместе с вашим братом. Взяли два соседних номера. Вас по случайности увидел друг вашего мужа, неправильно понял ситуацию, позвонил. Покойный психанул, сорвался с места и в конце концов наложил на себя руки. Трагическое недоразумение. Вы чисты перед законом и людьми, свободны и богаты. Все условия контракта выполнены.

— Но Майк никогда бы не покончил с собой! Это исключено! Разве что под действием какого-нибудь психотропа! Но вскрытие не обнаружило ничего подозрительного — только немного алкоголя и чуть-чуть снотворного! Объясните!

Хвостатый смотрит на нее с горделивой улыбкой.

— Вообще-то это противоречит правилам, но желание клиента для нас закон. Вы сообщили нам все, что требовалось для выполнения заказа. Мы воспользовались полученной информацией и просчитали все варианты.

— Но я вам ничего такого не говорила! Что́ он любит есть, что́ он любит пить, какие ему снятся сны, какие у него любимые фильмы и прочую дребедень.

— Это совсем не дребедень. А ключевая информация была вот где. Сейчас покажу.

Он нажимает кнопку, на стене оживает жидкокристалическая панель, на ней иконки. На каждой, мелко, блондинка в темных очках.

Женщина возмущается:

— Меня записывали? Вы не имели права!

— Я сейчас уничтожу запись при вас. Это предписано правилами. Копий мы не делаем — зачем нам компромат на самих себя? Так что не беспокойтесь.

Он выбирает стрелкой картинку. Включается запись.

Анна Борисова

На экране Сандра в огромных солнечных очках. Кабинет тот же самый.

— ...Как он реагирует на потрясение? — переспрашивает она. — Срывается и уезжает. Когда случается что-то ужасное, он всегда сбегает куда-нибудь подальше. Ему нужно двигаться, не сидеть на месте. Он по жизни искейпист.

Мужской голос:

— А куда срывается? И как? Садится на самолет?

— Ни в коем случае. Он боится летать. Когда у него скончалась мать, он сел на поезд и уехал в Париж. То же самое было в прошлом году, когда доктор сказал, что у него подозрение на опухоль. Потом, когда оказалось, что это дефект сканирования, я Майка насилу разыскала. Шлялся по Парижу, из бара в бар, и пил, а телефон отключил... Жалко, что сканер ошибся. Все было бы гораздо проще...

Снова мужской голос:

— В Париж? Стало быть, на «Евростаре»... Понятно...

Хвостатый выключает запись.

— Остальное — вопрос тайминга и организации. Объекту кажется, что он действует произвольно, а на самом деле он превращается в футбольный мяч. Несколько пасов в одно касание — и гол. Главное, не упускать инициативы.

Он вынимает диск и сует его в шредер. Хруст, чавк, в поддон сыплется крошка.

— Вот и всё. Никаких следов. Если понадобимся еще — обращайтесь. И присылайте знакомых. Кому можно доверять.

— Спасибо, — говорит блондинка. — Хоть я и не вполне понимаю, как далеко распространяется сфера ваших услуг.

— Очень далеко, — отвечает он с улыбкой. — Бесконечно далеко. Мы бюро *любых* услуг.

Задорно мотает башкой — хвост болтается туда-сюда. Как у тебя.

Креативщик

Потом подмигивает прямо в кадр, в глазах сверкают огоньки. Идут финальные титры, под клевую такую песню. Я спел бы, но слуха нет».

Фрол выжидательно смотрел на Лидию. Ни он, ни она к кофе не прикоснулись.

«Первый раз рассказываю, чтоб ни разу не перебили, — сказал он. — Ты и правда идеальная слушательница».

Она ровным голосом ответила:

«А ты брехун, каких свет не видывал. Слушала — ушам не верила. Я смотрела это кино. Оно совсем про другое. Там девушка работает в бюро, которое помогает инвалидам. И влюбляется в одного парня, слепого».

Альбинос растерялся.

«Видела? Зачем же тогда ты меня позвала его смотреть?»

«Фильм отличный. Я его все время в голове кручу. Подумала, если ты тоже оценишь, значит, у нас сложится. Когда ты предложил пересказать, я подумала: это еще лучше. Сравню, как я кино увидела и как он. А ты наплел хрень какую-то. Фрол-балабол!»

«Тебе не понравилось?»

Его лицо вытянулось.

«Мне не понравилось, что ты врешь и не краснеешь. Ты часто врешь, да?»

Он неопределенно двинул плечом, и это почему-то разозлило ее больше всего. Покраснев, Лида быстро сказала:

«Всё. Пока. Не ходи за мной. Я подумаю, нужен ты мне такой или нет. У меня твой телефон срисовался. Надумаю — сама наберу. А ты мне не звони».

«Понял. Не буду».

Он со вздохом проводил взглядом стройную сердитую фигурку. Прошептал:

«Эхе-хе. Рано или поздно, под старость или в расцвете лет, несбывшееся зовет нас...»

Посидел немного, грустно водя пальцем по ободку чашки. Оставил на столе деньги и тоже побрел к выходу.

Минуту спустя официантка, беря деньги, увидела на столике его забытый мобильник. Дошла до дверей, выглянула на улицу, но парень в светлом костюме уже затерялся в толпе.

«В какую сторону пошел такой, пергидрольный? — спросила она у гардеробщика. — Трубу забыл, придурок».

«Хрен его знает. Не бегать же за ним. Спохватится — вернется».

19:55

Но растяпа не спохватился. Он долго бродил по улицам без видимой цели. То туда повернет, то сюда, то сделает круг и вернется на прежнее место. Сначала шел сутулясь и всё вздыхал, потом повеселел и принялся насвистывать. Опять стал заглядываться на прохожих, но больше ни к кому не приставал. Пару раз пробежался вприпрыжку. Немножко поскакал на одной ноге.

Понемногу смеркалось. А там и стемнело. Щуплый светлый силуэт таял в густой тени, снова выныривал на освещенные участки тротуара.

Где-то за Аничковым мостом альбиносу гулять надоело. А может быть, подошло время.

Он вышел на проезжую часть, проголосовал, и к бровке вывернули сразу две машины: «нива» и старенькая иномарка.

Парень сел в первую, сказал: «Мне в Лахту». Отъехали.

Но и другой бомбила не остался без пассажира. К нему из темноты подбежал человек, что-то объяснил, и второй автомобиль пустился следом за первым.

Ехали долго, на дальнюю окраину.

Первая тачка остановилась около высокой новостройки, вытянувшейся к сизому небу всеми своими этажами, где горели желтые и голубые окна.

Креативщик

Тщедушный пассажир в слишком просторном костюме вылез из «нивы», просеменил к парадной.

Едва «нива» отчалила, подъехала иномарка.

«Сдачу оставь себе», — буркнул, вылезая, лысый бородатый человек и тоже побежал к дому.

23:18

Он очень торопился, чтобы успеть схватиться за дверь, пока она не защелкнется. Но, хоть створка закрывалась очень медленно, мужчина все-таки опоздал. Он принялся дергать ручку — пустой номер. Тогда, уже с отчаяния, принялся тыкать во все кнопки подряд. Наконец сообразил.

Набрал номер первой попавшейся квартиры.

«Кто там?»

«Аварийка. У вас в парадной код заклинило. Проверить надо. Нажмите-ка».

Не удивившись, что код ремонтируют в двенадцатом часу ночи (а может, просто торопясь вернуться к телевизору), наверху нажали кнопку.

Мужчина влетел в подъезд и досадливо крякнул, увидев, что возле лифтов никого нет.

Но это ему показалось в первое мгновение. В дальнем темном углу, около почтовых ящиков, стоял мальчуган, одетый по дурацкой рэперской моде, которую обожают подростки городских окраин — всё широкое, всё висит, всё болтается, штанины по полу волочатся.

«Тут человек только что зашел! Где он? — крикнул лысый и осекся. — Это вы? Вы...?!»

Белобрысый мальчишка смотрел на него, шмыгал носом. Проворчал:

«Таскался-таскался за мной целый день, с самого Таврического. Подглядывал, подслушивал. Я все думаю, когда отвяжется. Мозгов нет, так должен хоть инстинкт самосохранения сработать. Догнал все-таки. Беда с вами, неофитами. Ну, пеняй теперь на себя, дурачок. Налево пойдешь — голову потеряешь. Направо пойдешь — без цацки останешься. А обратной дороги у тебя теперь нет».

«К-какой ц-цацки?» — пролепетал бородатый (действительно, тот самый филолог из Таврического сада).

Он был здорово напуган. Не только заикался, но и дрожал всем телом. Превращение альбиноса в ребенка окончательно его доконало.

«Вы кто? Дьявол?» — шепотом произнес он и потянул сложенную щепотью кисть ко лбу — перекреститься.

«Отрежу, — погрозил ему паренек и засмеялся, когда филолог быстро спрятал руку за спину. — Да что вы, в самом деле? Шуток не понимаете? Я вижу, мы с вами не договорили. Ну, присядем. Доведем дело до конца».

Он показал на подоконник и, подпрыгнув, сел первый. Его ноги не доставали до пола.

Мужчина безропотно подошел, но сесть не осмелился — встал, как ученик перед учителем. Или как осужденный в ожидании приговора.

«Это у вас пот? — с любопытством поглядел мальчик на лоб филолога, весь покрытый каплями. — Можно потрогать? Ух ты, холодный. Прямо как в книжках».

От прикосновения лысый содрогнулся.

«Какой у вас палец... горячий».

«А какой он должен быть? Ледяной? Это у них пальцы холодные, а у нас-то как раз горячие».

«У кого у нас? — Бедный специалист по Гумилеву выдохнул еле слышно. — У... бесов?»

Парнишка вытер рукавом нос, приосанился.

«Обидное слово. Вы меня давеча еще и «мелким бесом» обозвали. Очевидно, за небольшой рост. Как будто в сантиметрах дело. Я предпочитаю слово «Демон»... Да вы не стесняйтесь, креститесь. Меня не коробит. Говорю же, насчет руки я пошутил, просто Булгакова процитировал».

Креативщик

Мужчина сотворил знак крестного знамения аж трижды, но легче ему от этого, кажется, не стало

«Я схожу с ума, — неизвестно кому пожаловался он. — У меня галлюцинация».

«Может, и так. Это ты потом сам решишь. — Альбинос посерьезнел. — Как тебе комфортней. Я же сказал: тебе теперь середины нету. Или направо, или налево. Время меня поджимает. Поэтому разъясняю в темпе. Быстрый ликбез — и гудбай. Договорились?»

Лысый ничего не понял, но на всякий случай кивнул.

Тогда мальчишка воздел палец и прочел ему небольшую лекцию.

«У вас, людей, в головах всё перепутано. Всё поставлено с ног на голову. Мироздание вы представляете себе совершенно неверно.

Вселенная создана не Богом, а Дьяволом. И руководствовался Творец вовсе не Благом, а Злом. Посмотри, как все устроено в Его природе: все друг друга жрут, никакого милосердия к слабости, повсеместно царствуют грубая сила и целесообразность. Главный закон жизни: у кого меньше нравственных ограничителей, тот и побеждает.

А тот, кого вы зовете Богом, это ангел, взбунтовавшийся против Создателя. Этот, так сказать, диссидент и застит вам всем глаза. Он выступает за добро, мир, согласие. И всегда проигрывает, потому что младше и слабее, чем Дьявол. Партизанит по кустам, ведет оборонительные бои, без конца зализывает раны. Но главная его слабость даже не в неумении за себя постоять. Знаешь, к чему ведет вас Бог? Он хочет, чтобы все поскорее умерли. Тогда-то установится Его царство: тишь да гладь, да Божья благодать».

«Неправда! Бог есть жизнь!» — вскричал филолог.

«Ага, сейчас. Откуда берется жизнь? Из секса, а это территория Дьявола. Вот почему ваша церковь, служанка Бога, относится ко всему сексуальному так враждебно. Бог хотел бы, чтобы люди перестали трахаться, чтобы разучились страстно любить и смертельно ненавидеть. Чтоб мужчины стали похожи на женщин, а женщины на мужчин. Чтобы вакханалия жизни угомонилась. Иными словами, чтобы всё вокруг остановилось, замерло, умерло. Вот тогда Его победа будет полной. Добро окончательно одолеет Зло, и установится вечная всеобщая температура в ноль градусов. Абсолютная смерть.

А Дьявол против смерти, Он за жизнь. Все истинно интересное и живое — от Дьявола, неужто ты этого не видишь? Всё творческое, вкусное, красивое, сильное, привлекательное! Искусство, наука, все открытия и свершения!

Что может противопоставить этому твой Бог? Скучные проповеди, которым никто не следует? Идею свободы, равенства и братства, из-за которой в царство Смерти преждевременно отправились десятки и сотни миллионов? Посмотри: все войны всегда начинались исключительно из благих побуждений, во имя Бога или Высшей Идеи (а это другое имя Бога). Армии бросались друг на друга с Именем Бога на устах — и никогда с Именем Дьявола. На боевых знамёнах убийцы вышивали крест, полумесяц или ещё какой-нибудь символ Добра. Нужно быть совсем слепым, чтобы не видеть, кому и чему служит вся ваша религия!»

Голос проповедника стал звонок, глаза заблистали, палец трепетал и указывал вверх.

Филолог не вынес этого горящего взора.

«То, что вы говорите, ужасно. И, к сожалению, похоже на правду...»

Он снова потянулся перекреститься — и не донёс щепоть.

Тогда мальчик тяжело вздохнул.

«Эх, дядя. Не всё, что похоже на правду, правда. Беда с вами, неофитами. То он уверовал, то он разверовал. Вера — это тебе не пальто. Надел, снял, на вешалку повесил».

«А что такое вера?» — жалобно спросил сбитый с толку мужчина.

Креативщик

Строго и назидательно беловолосый сказал:

«Вера — это великая и печальная мечта человеческой души о том, что она на свете не одинока, что она кому-то нужна и важна, что она бессмертна. Понял?»

Странная была сцена, очень странная. Яйцо учит курицу, малый наставляет старого.

«Нет, ничего я не понял», — потерянно вздохнул филолог.

«А ты подумай. Тебе для этого жизнь дана — чтоб думать... — Мальчонка спрыгнул на пол. — Ну всё, пора мне, а то я сейчас до мышонка усохну».

Он, в самом деле, сделался еще меньше. Лет десять ему можно было дать, максимум.

«Пока. Я сгинул».

Придерживая штаны, чтоб не свалились, он побежал вверх по лестнице. Легко, нисколько не запыхавшись, взлетел на последний шестнадцатый этаж. По дороге потерял башмаки, ставшие слишком большими.

У квартиры 99 мальчик присел на корточки, вынул из-под коврика ключ.

Чтоб включить свет, ему пришлось вытянуть руку вверх.

Квартира была такая же голая и необжитая, как та, которую утром покинул аккуратный старичок. Альбинос осмотрелся без особенного интереса и пошел в комнату, на ходу скинув непомерно широкий пиджак. Водолазку стянул через голову. Брюки свалились сами.

Белейшая нижняя сорочка, в которой он остался, свисала до колен, словно ночная рубашка. Рукава он засучил и закатал.

Комната ничем не отличалась от предыдущей: кровать с тумбочкой, платяной шкаф, даже на полу валялся точно такой же лист фанеры.

Только вид из окна был лучше — все-таки шестнадцатый этаж, не девятый.

«Ух ты! Красота!» — пропищал малыш, разглядывая силуэт ночного города.

Анна Борисова

Он щелкнул пальцами — и над разливом, над унылыми очистными полями вдруг вырос зубчатый частокол манхэттенских небоскребов. Мальчик поглядел на них, склонив головенку.

Щелкнул снова — типовое здание средней школы вытянулось сталагмитом, превратилось в Биг-Бен. Но и это волшебника не удовлетворило.

Лишь после третьей попытки, когда лондонская башня, еще больше удлинившись и попрозрачнев, обратилась Эйфелевой башней, он угомонился.

Распахнул раму, для чего пришлось встать на стул.

Спустился, притащил фанеру.

Кое-как пристроил ее на подоконнике.

Лег на лист, взялся за края.

Перенес тяжесть своего маленького тела вперед — и вместе с фанерой соскользнул в пустоту, будто с ледяной горки.

Но не сорвался вниз, не упал. Описав широкую дугу над крышами, он выпрямился снова взмыл кверху.

И полете-е-ел, полете-е-ел.

Содержание

7:49	3
8:21	6
9:20	44
9:45	50
10:55	71
11:48	78
12:20	88
12:55	98
13:40	108
14:40	116
16:59	117
17:17	127
17:20	129
17:40	133
17:55	134
18:20	136
19:55	156
23:18	157

В издательстве BAbook вышли книги

Борис Акунин

Серия «ПРИКЛЮЧЕНИЯ ЭРАСТА ФАНДОРИНА»

Серия «ПРОВИНЦІАЛЬНЫЙ ДЕТЕКТИВЪ»

«ИСТОРИЯ РОССИЙСКОГО ГОСУДАРСТВА» в 10 томах

«ЛЕГО»

«СКАЗКИ СТАРОГО, НОВОГО И ИНОГО СВЕТА»

«МОЙ КАЛЕНДАРЬ»

«ГОД КАК ХОККУ»

ИНТЕЛЛЕКТУАЛЬНЫЕ АНЕКДОТЫ, собранные и прокомментированные Борисом Акуниным

«МОСКВА–СИНЬЦЗИН»

«ПРОСНИСЬ!»

Акунин-Чхартишвили

«НА САНЯХ»

Олег Радзинский

«ПОКАЯННЫЕ ДНИ»

Михаил Шишкин

«МОИ. ЭССЕ О РУССКОЙ ЛИТЕРАТУРЕ»

Евгений Фельдман

«МЕЧТАТЕЛИ ПРОТИВ КОСМОНАВТОВ»

Роман Баданин, Михаил Рубин

«ЦАРЬ СОБСТВЕННОЙ ПЕРСОНОЙ»

https://babook.org/